追放
悪役令嬢の
旦那様
4

主な登場人物
ファーラ
レグルスが「赤竜ヘルディオス」の養護施設から連れてきた少女。竜力を遮断してしまう加護なしの体質。
ラナ
才色兼備の元公爵令嬢。王太子に婚約破棄＆国外追放された。前世の記憶を持ち、その知識を使って便利な竜石道具を提案して、平民ライフを満喫中。
フラン
王太子や公爵家令息たちのパシリだった伯爵令息。エラーナと『交際0日婚』の後、『緑竜セルジジオス』に身を寄せている。

ニータン
レグルスが「赤竜ヘルディオス」の養護施設から連れてきた少年。年の割には大人っぽいところがある。
アメリー
レグルスが「赤竜ヘルディオス」の養護施設から連れてきた少女。どこかのんびりしたお性格で、ツインテールがお気に入り。
クラナ
レグルスが「赤竜ヘルディオス」の養護施設から連れてきた少女。最年長で下の子たちを庇護するお姉ちゃん。

Contents

追放悪役令嬢の旦那様

4

古森きり

イラスト
ゆき哉

1章　ルーシィのお婿さん

「ぎゃあああああああ！」

という悲鳴。

顔を放牧場に向けると、疾走するルーシィ――の背に乗るのはシータルとアル。

ルーシィに乗ってみたい、とやんちゃ坊主たちが言うのでルーシィに頼んで乗せてもらっていたのだが、完全に暴れ馬。とはいえ、ルーシィは怒っている感じではない。むしろご機嫌。

シータルとアルが半泣きで悲鳴を上げているのを、面白がっているみたいだ。

あれだ、ルーシィもオンナ……若い男に「乗りたい」と言われてテンション上がっちゃったんだろうなぁ。でもさすがにそろそろ止めないと振り落とされて怪我《けが》させそう。止めるか。

「ん？」

そう思って放牧場に近づくと、ルーシィはスピードをほとんど落とさないまま身を捻《ひね》り、家畜たち用の水飲み場にシータルとアルを放り込み、柵《さく》を飛び越えてきた。

忘れがちだがルーシィは竜馬《りゅうば》の血を引いている。

賢いし、それなりに気性が荒い。その分配慮もできるイイ女だと思うよ。子どもも好きだから、振り落とすにしてもちゃんと水飲み場を選ぶあたりさすがだなー、って思う。

だが、なんで柵を飛び越えて森の方に走っていくんだろう？

水飲み場からシータルとアルを持ち上げて助け、井戸で水浴びしておいで、と送り出してから、ルーシィが駆けていった方にのんびり歩いて向かう。

数日前に『青竜アルセジオス』からアホのカーズが私兵を連れてやってきた方向。

えー、なんだろう。ルーシィが慌《あわ》てて見に行くなんて――しかも俺を無視して行くなんてよほどの緊急事態では？

「みゃー」

「!?」

緊急事態だった。牙がある。雄《オス》のボアだ。しかもかなりでかい。

その雄のボアと、木の上で鳴く子猫らしき生き物の間に、ルーシィと大きな漆黒《しっこく》の竜馬が割って入り睨《にら》み合っている。

いや、でかいでかいでかい。黒の竜馬でかすぎでしょ。竜馬牧場でも見たことない巨躯《きょく》。

前脚で地面をひっかき、突進の構えを見せていたボアを、首を下げて迎え撃つ構え。

挑もうとするボアもボアだが、迎え撃とうという竜馬も竜馬である。これは人間が入ってはいけない。仕方なく成り行きを見守ることにしたが、結果は思いのほかあっさりと出た。

満を持《じ》して突進してきたボアを、黒い竜馬が前脚で踏みつけ——いや、踏み殺した。

ボアもかなりの大きさだったし、下顎《したあご》から生える牙が間違いなく竜馬の前脚を掠《かす》めた。

だが無傷！　……竜馬ヤバァ……。

「フン、フン……」

「ヒュン、ヒュウン……」

思わず口元を指先で覆っちゃう。

ルーシィが！　あのいつも澄まし顔の姉御肌がオンナの顔になって色目使ってる!!

いや、確かにあの竜馬、俺が見たことのあるどの竜馬よりもたくましいしでかい。

ルーシィより一回り近くでかいのだ。間違いなく雄だろうけど……。

「みゃー……」

「ル、ルーシィ、盛り上がってるとこ申し訳ないんだけど、木の上の子、助けてもいい？」

漆黒の竜馬もルーシィに迫られて悪い気はしてないっぽいんだが、相棒のそんな姿あんまり見たくないよ。ルーシィも同じことを思ったのか、木の下に移動して首を下げる。背に乗って助けろってことだ。ハイハイ、了解ですよ、っと。

ありがたくルーシィの背中に乗せてもらい、木の上で怯《おび》えていた子猫を持ち上げ地面に降りる。いやー、子猫に抵抗されなくてほんとに良かった。

子猫――まあ、ピンクの子猫なんかこの世にいませんよね。つまりこの子、紅獅子《べにじし》の幼体じゃん。なんで猛獣の子どもが木の上に？　首を傾《かし》げると、答えは手についていた。……血だ。

「ブルルルゥ」

「……なるほど、そうだったんだ」

この漆黒の竜馬曰《いわ》く、このピンクの毛並みの獅子の子は、隣の森の主《あるじ》の子。

隣の森っていうのは、ここよりもずっと南側にある国境の別の森のこと。その森は最近密猟《みつりょう》者が倍以上になっているらしい。

あれかな？　俺がこの森を縄張りにしたから、行き場を失った密猟者がそっちに流れてる感じかな？　え、ちょっと罪悪感。でも悪いのは密猟者だしね？

で、この竜馬は野生の竜馬。そっちの森の主から命じられ、こっちの森でなにが起きているのかを調べに来た。超優秀。さすが竜馬。しかし、こちらのピンクの子獅子《こしし》がこっそりついてきていたのに気づかず森に入ってしまい、気づいた時にはさっきのボアに襲われ、命からがら木の上に逃げていた、と。

興味深いね。竜馬や竜の血を受け継ぐ動植物は多いが、それらの野生の生き物は独自の組織性を構築しているってことだ。

元々そんなものなかったのかもしれないが、対密猟者のために新たに構築したのだとしてもとんでもない知性を持っていると言わざるを得まい。え？　ほんとにすごすぎない？

すごいねえ、と素直に褒《ほ》めると「まあな」みたいにドヤ顔するところは、まだ純粋な獣性ではあるけれど。

「じゃあ、ちょっと手当てしてくるよ。その方が怪我も早く治るでしょ。君はその間調査をするといい。そのために来たんだろう？　ルーシィは彼の手伝いをしてあげな。調べが終わったらうちにおいでよ。新しい干し草用意しておいてあげるから」

「ブルウウウウ」

「そりゃそのくらいするさ。相棒のお婿《むこ》さんになるかもしれないんだからな」

「！」

っていうわけで、いい雰囲気のお2人――いや、2頭を森に残して俺は牧場に帰る。

戻ってきた俺を見つけると、井戸で水浴びしてきたシータルとアルが駆け寄ってきた。

「おかえり！」

「なにそれ！」

「紅獅子の子どもだな。ルーシィはこの子がボアに襲われてたから、助けに行ったんだよ」

「「！」」

シータルとアルは『赤竜三島ヘルディオス』出身なので、竜馬の血を引くルーシィへ信頼が厚い。あれほど盛大に水飲み場に吹っ飛ばされたにもかかわらず、俺と紅獅子の子を見上げる瞳はキッラキラである。平和だなぁ。だが、その心意気は存分に発揮してもらおう。

「森に1頭、野生の竜馬がいたから、今夜はうちに泊めてあげようと思うんだ。空いてる区画に新しい干し草、敷いてきてくれない？」

「「え！　野生の竜馬!?」」

おお、セリフも表情も丸被《まるかぶ》り。仲良しだな。

「認められたら竜馬の主になれる！」

「行こうぜシータル！」

「探しに行かなくても泊まりに来るって言ってんでしょ。向こうから訪ねてくるんだから、お前らはお迎えの準備しろっての」

野生の竜馬は繁殖、飼育、調教されている竜馬よりも、強く大きく賢く、竜馬が本来持ち合わせる激しい気性と気位の高さはそのままに、人に懐《なつ》くことはそうそうない。漆黒の竜馬は一見穏やかそうだったが、ボアを前脚1本で踏み潰《つぶ》している。

多分ルーシィの手前、相当クールにかっこつけてると思う。

いや、分かるよ。男だもんね。ふふ、人間も竜馬も女子の前だとクールで余裕のあるかっこいい男のふりしたいもんね。野生の竜馬だと雌《メス》に出会う機会もないだろうから、せっかく出会った嫁候補を逃す手はないだろう。

まあ、それと竜馬が主を定めるのは話が違うけれども。

ルーシィすら乗りこなせないやんちゃ坊主どもが、野生の竜馬を乗りこなせるはずがない。危なすぎるのでチャレンジしようとしたら全力で止めよう。

俺？　俺にはルーシィがいるので興味がないな。

さて、竜馬が今夜お泊まりするスペース作りはやんちゃ坊主たちに任せて、俺は子獅子の手当てをしようね。あの竜馬に約束したし。

「大丈夫だよ。まず血を拭《ふ》いて、傷を消毒しようね。消毒しないと化膿《かのう》して治らなくなる」

「み、みゃー」

怯えられてしまったが、危険性を伝えれば大人しく手当てを受けてくれるだろう。

血は止まっているようだが思ったより出血量が多い。こんな小さな体では危険な量だ。

鳴く元気があるのはいいことだが、下手すりゃ死んでる怪我だよコレ。さすがは紅獅子の幼体ってことだろうか。普通の子猫ならダメだっただろうな……。

井戸から水を汲《く》んで、濡らした布で丁寧《ていねい》に固まった血を拭き取り、家畜用の傷薬を塗ってから切り傷などに効果のある薬草——デュアナの花の葉を摘《つま》んで洗い、濡らしたまま患部に被せた。包帯を使うより子獅子に「この葉っぱは傷を治す効果がある」と教えることができる。

シュシュの小屋の中、端の方に子獅子の居場所を作り、寝かせて完了である。シュシュは気絶したように眠る子獅子を抱くように丸くなる。うん、任せていいな。あまり構い倒すと親に見放されかねないので、できるだけ野生に近い状態に置いておいた方がいい。

紅獅子は普通の獅子よりもその目立つ紅色ゆえに希少価値が高く、密猟者にも『青竜アルセジオス』の王侯貴族にも大人気だ。狙われる頻度が高いため、竜の血を引いていないのに竜馬や竜虎《りゅうこ》並みの知性を持っている。人間に対する警戒心は半端ない。この子が親に「人間の匂いがするから」と捨てられてしまったら心苦しい。

さて、竜馬が泊まる畜舎《ちくしゃ》の方はどうかな？　と、覗《のぞ》き込んでみる。

「新しい干し草どこだっけー」

「倉庫に入ってんだろ、こっちだよ」

「こんくらいあればいい？」

「いいんじゃね？」

やんちゃ坊主たちの声。掃除を終わらせたこの区画に、ちゃんと新しい干し草を運んで敷いてやる作業だな。通路の方を見てみると、両脇に干し草を抱えた2人が見えた。……うん、そんな量の干し草で足りるわけあるか。どうしてその量でイケると思った？

「あ、ユーフランさん！」

「竜馬来た⁉」

「まだ来ないしそんな量の干し草で足りるわけないだろ。お前らいつも畜舎の掃除サボってるから、量が分かってないんだろう？」

「「あ……」」

バレた、みたいな顔しても遅い。

シータルとアルはシュシュと一緒に家畜の放牧をやったら、いつもそのまま遊びに行ってしまう。

本当なら家畜たちを放牧場に出したあと、畜舎の掃除もしなければいけないのに。それをサボっているから、区画に敷く干し草の量を全然分かっていないのだ。

手伝えば早いのだが、この作業は毎朝ファーラとクオン、女の子2人でやっている。手伝えよ男子。4人でやった方が早く終わるんだから、と何度注意してもやらない。うん、ここは手伝わないで、しっかり働かせるか。——と拳をボキボキ鳴らしながら微笑んでみせる。

「この機会に畜舎の仕事をしっかりやってもらおうか」

「ひ、ひぃぃ！」

「わ、分かったよー！」

と、釘を刺したがこの手のがきんちょは信用ができない。こいつらの場合日頃の行いが悪い。

寝床作りが終わるまで見張ってるか。でもラナたちにも子獅子と竜馬が泊まりに来ることを伝えておきたいんだよなぁ。

持ってきた干し草をポイッと区画に投げ込み、俺を見上げるやんちゃ坊主たちに「この区画を隅から隅まで干し草で敷き詰めるんだよ」と教えるとすごい不満たらたらな顔をされた。

そんな調子ではいつまで経っても終わらない。頭と道具を使え、と2人の頭を小突《こづ》いてしばらく観察してみる。そもそも、女子たちがこんな重労働をいつも午前中に終わらせてしまうのは、台車と頭を上手に使って効率よくやっているからだ。

このやんちゃ坊主たち、道具を使うという考えに思い至らないのか。めっちゃ目の前に台車が置いてあるのに。ああ、おばか……。嫌いじゃないけどね、お前たちのようなおばか。

でもなんでもかんでも教えてしまうのはこいつらの成長に繋《つな》がらない。自分で「どうしたら効率よくできるか」「できないことをできるようにするには、どうしたらいいか」を、ちゃんと考えられるようにしないと。成長しないおばかになってしまう。

俺が甘やかしてくれないことを十分に知っている2人は、複雑そうな顔を見合わせたあと、仕方なさそうに辺りを見回してすごすご干し草の倉庫に歩いていく。途中で台車を見つけたアルが「これ使えばいいんじゃね!?」と叫ぶが残念、それは糞《ふん》を片づける用だからダメだ。

文句を言われるが台車はそれだけではない。むしろ——。

「日頃いかに畜舎の仕事をサボっているのかがうかがえるな？」

「「…………」」

目を逸《そ》らし、そそくさ～～～と倉庫の方に逃げていく。……まったく……。

「あ、フラン、ここにいたのね」

「あ、ラナ。ちょうど良かった。ちょっと珍しい案件が発生した、んだけど――ラナはどうしたの？」

畜舎の出入り口から、ラナが顔を覗かせる。子獅子のことを相談したかったから助かった。でも、わざわざ俺を探しに来たってことは、なにか急ぎの用事があるのだろう。

まあ、ラナの用事優先だよね。

「うん、ちょっと新作メニューを試食して欲しいなーって、思って……たんだけど――フランの方は？」

「……ちょっと」

手招きして、シュシュの小屋に案内する。ラナに小屋の端に寝かせた子獅子を見せると、思った通り、小さな毛玉を見た途端「カッ……!!」っと口を押さえて悶絶《もんぜつ》。だよねー。

「道向こうの国境沿いにある森の主の子どもなんだって。俺たちがこっちの森に引っ越してきたから、密猟者がこの子の森に流れちゃったみたいでさ」

「ええ……!?　なによそれ、最低……！　密猟者なんているの!?」

いますね。ラナには言ってないし、言うつもりはないけど密猟者はこれまでも現れている。

俺が密猟者を追い返しすぎて、それが隣の森に行くとは思わなかったなぁ。

で、ラナにかいつまみ重要なところだけ説明して、野生の竜馬が泊まりに来ることと、この子獅子には絶対に触らないようお願いした。そして、子どもたちにも竜馬と子獅子に近づかないように徹底して欲しい、と。

「ルーシィやロリアナ様の竜馬を見てるから、竜馬は賢くて大人しいって思ってるかもしれないけど、野生の竜馬は人間が調教して抑え込んでいる部分が全部残ってて危険な猛獣そのものだから、本当に危ない」

「そ、そうなのね……」

「さっき森にいたボアの頭を一撃で踏み殺したから」

「え……」

「なのであのボアの死体も片づけてきたい」

「な、なるほど？」

ミケたちに任せようかなって思うんだけど、虎って死肉は好まないんだよな。だから無理強いはできない。でも血抜きもできてないから、俺たちが食べる用にするのも難しいだろうな。

とはいえ死体を放置すると病原になりかねない。埋葬しただけでもましだろう。

「今シータルとアルに干し草運ばせてるから」

そういえばどうなっているかな？　と、畜舎を覗いてみると、やんちゃ坊主たちが干し草用の台車に積みまくって、ふらふらしていた。

「……あの子たちらしいわね」

本当にな。強欲というか、面倒くさがりというか。

「干し草もったいないから、落っことす前に少し持ってくる。ラナの試作品はここが終わったら食べに行くね」

「あ、ううん！　それなら持ってくるわ！　持ち帰り用のセットを考えてみたのよ。牧場《ここ》って町からそれなりに離れてるでしょう？　持ち帰ってもらえるようにすれば、興味を持って来てくれる新規さんを獲得しやすくなると思うのよ！　ほら、ローランさんとワズがパンを持ち帰ったあと、翌日にナードルさんが来たみたいに！」

「なるほど……？」

その例はかなり局所的なような気がしないでもないけれど？　言ってることは分かる。

確かに町からの距離は課題だったもんね。学校が近くにできて、そこの生徒や関係者がお客さんとして来るのも考えられるけど……あとはあれだ、クーロウさんと、その部下のみなさん。

「で、それを食べた上でフランに作って欲しいものがあるのよ。クーラーボックスっていうんだけどね」

「くーらーぼっくす？」

曰く、これから寒くなるけど夏場などは食べ物が悪くなりやすい。冷蔵庫のもっと小さい版で、30分とか1時間とか、短い時間だけ冷やせる小箱があればいいな、ということらしい。

なるほど？　まあ、レグルス商会の交易荷馬車に冷蔵庫を取りつければ、もっと遠方まで『緑竜セルジジオス』の野菜を、鮮度を保ったまま輸出できる——って俺ですら思ってたし。

けどラナの言ってることはちょっと想像の斜め上だった。

「こう、つまみ1つで『保冷』『保温』ができたら夏冬関係なく使えると思うんだけど、それだと量産を考えた時に貴族ウケは悪そうだし、庶民《しょみん》向けにするには高価すぎるしイマイチかなって思ってね？」

「そうだね」

手で持ち運びできるサイズの箱で、『保冷』『保温』とか、相変わらず発想がぶっ飛んでるなー、と思うが、その末に「そこそこ大きめだが、持ち運びできるサイズの箱に、低温保存で数時間保《も》てばいい『クーラーボックス』なるものならばどうだろう？」と結論を出したそうな。

なかなか面白い発想なのだが、竜石道具は基本的に竜力の受信しかできない。

このくらいで効果が切れるように……っていうのはできないのだ。

「そ、そうなの⁉　タイマー機能とかつけられないってこと⁉」

「たいまーきのう？」

「じ、自動で効果が消せる、みたいな――えっと、たとえば寝る前にランプ消すじゃない？　点《つ》けたまま寝ちゃった時とか『しまったー！』って思わない？　そういうのをなくすために、日付が変わったら自動的に消えるように設定しておくのよ」

「ん、ん～～～？」

貴族ならばそれは使用人の仕事。平民でも、点けっぱなしにして困るようなことはない。

むしろ――

「俺はむしろその『保冷・保温』のできる小箱っていうのが欲しいな」

「え？　なんで？」

「国外に行く機会が多くて、保存食ばっかり食べてたから。ラナも『緑竜セルジジオス』に来る時や『ハルジオン』に行く道中思わなかった？　温かいご飯食べたいって」

「思った」

迫真だなぁ。

「なるほど、長距離移動する職業の人！　そういう人に需要があるのね……！」

「レグルスみたいな商人もそうだけど、配達屋とか長距離移動する時の王侯貴族のつき添いをする使用人も欲しいと思うな。主人優先で使用人は保存食ばかりになるから。多少高価でも長期間使える竜石道具と思えば、商人や長距離移動する貴族の使用人は手を出すと思う。っていうか俺ならあれば買ってた。注意するのは国境を越える時に竜石を交換する点だね」

「!! そ、そうなのね……！　それならありかも！　うちの牧場カフェオリジナルお持ち帰り用ボックスってことでデザインを別にして、オリジナルボックスを購入してお持ち帰りの時に『牧場カフェオリジナルボックスに入れてください』と言えばポイントカードに1ポイントおまけするの！　あ、でも『牧場カフェオリジナルボックス』なんて名称長いから『えにしボックス』と名づけましょう！　そうすることでカフェの宣伝にもなるし一石二鳥！　いえ、三鳥！あ！　ボックスだけでなくボトルも！　夏は冷たい水、冬はあったかいお茶を持ち歩けるの！」

なんか完全にスイッチが入ってしまわれた……？

「おおおお！」

「うわ！　ちょ、な、なに!?」

やんちゃ坊主たちがふらふらしながら近づいてきた。台車に自分たちの背丈よりも大きな干し草ロールを2つも載《の》せて、呻《うめ》きながら。頭を抱える。もう、ばかぁ……。

無茶するやんちゃ坊主たちから干し草ロールを1つ戻させて、1つだけ運ばせる。

スペースを埋めるようにロールを崩させるのはやらせるけど、結局手伝ってしまった。

けど普段サボってる作業をやったからなのか、2人の疲労はなかなかのもののようだ。

これなら子獅子に余計なことはしないかな？

ラナにやんちゃ坊主たちを自宅で休ませるように頼んでから、森に戻ってボアの死骸《しがい》を埋める。それが終わったのとほぼ同時に、ルーシィと黒竜馬が現れた。

2頭の雰囲気が、まあ、なんというか、独特の穏やかさ。あ、ハイ。って、感じ。

とりあえずあらかた調べ終わったらしいので、放牧場に案内する。すると川の側《そば》でラナが小箱を持って手を振っていた。かわいい。

「これが野生の竜馬!?　本当に大きいわね！　あれよね、ロリアナ様が乗っている竜馬みたいな？　飛べるのよね？」

「飛べるけど、野生だから人は乗せないよ？」

とても乗ってみたい、という顔のラナ。でも相手は野生の竜馬なんだよ。気性は荒いし、気位が高く、人間を殺すことに躊躇《ちゅうちょ》もない。

ルーシィやロリアナ様の竜馬で、竜馬は穏やかなイメージがあると思うけど……。

「ぶるうううぅぅ」

「え？　いいの」

「え！　いいの⁉」

黒竜馬がラナに対して膝《ひざ》を折る。ギョッとした。竜馬生来の気性の荒さを知っている身としては信じ難い光景だ。なんで、とルーシィを見ると、なんか真顔で頷《うなず》かれた。

なるほど！　竜馬は賢い生き物だ。別種とはいえ、異性は好き‼

男が乗ろうものなら絶対殺すけど、女なら「まあいいか！」ってなるのね！

「ヒイィン」

「俺？　俺もいいの？」

「ぶりゅうううう」

「いや、俺はいいよ。ルーシィ以外の馬には必要がなければ乗らなくていいかなって」

「フン！」

信じられないことに、ラナだけでなく俺まで「お前も乗るか？」と誘われた。ルーシィと番《つが》って超ご機嫌なんだな。興味がないわけでもないが、でも断った。顔を近づけてきたルーシィの頬《ほお》を撫《な》でると、満足そう。黒竜馬の方もまたさらに機嫌が良くなった。なんで？

「ねえ、あなた空を飛べるのよね？　飛ん……」

「ダメだよ、ラナ。竜馬との飛翔は双方訓練を積んで息を合わせるようにしないと。落ちたら怪我じゃ済まないよ。下手したら地面に衝突死するよ」

「う……わ、分かりました」

黒竜馬はご機嫌にラナを放牧場まで乗せて運んでくれた。ルーシィの生活している場所を見て回り、仲睦《なかむつ》まじく寄り添って軽やかに走る姿はそれだけで雄大だ。美しい。

「なんかいいわね。素敵。こういう光景……」

「そうだね……お弁当も美味《おい》しいし」

「でしょ〜〜〜！」

カフェの外席でラナのお弁当を食べ、自由に走る竜馬を眺《なが》める。

想像していた以上に心地いい。これは早々に『えにしボックス』を作ろうじゃないか。

「！」

しかし、畜舎の方にこそ〜っと入ろうとするやんちゃ坊主を見つけると、そうのんびりしていられない。ルーシィと黒竜馬が仲睦まじくする放牧場に飛び込み、「乗せて！」と叫びおった。

ルーシィとの時間を邪魔され、子どもとはいえ男にそんなことを言われたら――。

「え！　あの子たち……!?」

ラナのお弁当を途中で放り出すのは非常に不本意！　でも、目の前で子どもが殺されるのは絶対阻止でしょ。竜爪《りゅうそう》は集中が間に合わない――これは……！

「ヒヒーーン！」

前脚を持ち上げた黒竜馬と、やんちゃ坊主たちの間に割って入るルーシィ。

それに驚いて後ろに下がる黒竜馬。ブーツ底の竜石道具――浮遊と噴射で一瞬だけ高速で移動ができる――を使って、俺がやんちゃ坊主たちを左右の腕で捕獲して距離を取るまで、ルーシィは黒竜馬の前からどかなかった。ありがたい。

でも、これで黒竜馬の気持ちがルーシィから離れたり――？

「フン！　フン！」

大興奮。ルーシィに乗っかりそう。ルーシィもその場に座り込んでしまった。これは、あれだ、牝馬《めすうま》のオーケーサイン。……ええええ……？　どこにその要素あったの……？

「………………」

これは、今夜交尾する気だな。

「あ、あの……」

立ち上がる。後ろから聞こえてきたやんちゃ坊主たちの声に拳《こぶし》をボキバキ鳴らす。

「竜馬は人も殺す猛獣――近づくなって言ったよね？」

「「……ごっ――!!」」

店舗2階の倉庫に1日閉じ込めの刑。黒竜馬と子獅子が帰るまでこいつら出すの危ない。

なにより、俺にラナのお弁当を中断させた罪は重い。

翌日だ。

シュシュと一緒に歩いてきた子獅子に、ドッグフードを食べさせる。思っていた以上に回復が早いな。さすが獅子。そして畜舎ではホクホクした黒竜馬。ものすごく複雑。

黒竜馬は俺の姿を見ると立ち上がってジッと見つめてきた。

「……ああ、うん。相棒だからね」

「ヒヒーーーーーン!!」

黒竜馬は子獅子を背にぽいっと乗せると翼を開く。助走をつけて飛び立つ背中を、ルーシィと見上げた。またいつでもおいで。来年にはきっとお前の子が生まれていることだろう。

「いい男だと思うよ」

「ヒヒン！」

「そう？」

やんちゃ坊主たちを部屋から出して、今日は保温と保冷を切り替えて使える『えにしボックス』と『えにしボトル』の試作品を作ることにした。

俺もルーシィの旦那《だんな》に負けないように、奥さんに喜んでもらえる旦那になりたいからね。

2章　子どもたちの個性

んん。なんとも不思議な生き物だ、アメリー。

「アメリー、なにしてるの？」

「ちょうちょ見てるんだよ～」

「そっかぁ」

確かに……まあ、確かに蝶々が飛んでいる。

自宅から東側に真っ直ぐ進むと畜舎があり、それを囲むように放牧場があるのだが、そこからもう少し東。

川向こうの『青竜アルセジオス』側の森、温泉の方向に行く川の手前に小さな花畑がある。

アメリーお気に入りの場所だ。牧場の手伝いが終わるとそこでずーっとぼーっとしている。

「ルーナのお花はないんだねぇー」

「あー、ルーナの花は……そうだね」

こっちに来たばかりの頃、現れた竜虎のミケ。その住処《すみか》付近には咲いていたな。独り立ちしたミケの子たちは俺たちのことを知っているが、他の虎はそうじゃないからあまり近づきたくない。アメリーには申し訳ないけど、ルーナの花は諦《あきら》めてもらえないだろうか。

「あのねぇ、ルーナのお花はねぇ、すてきな花言葉があるんだよー」

「花言葉？」

「そーう。『あなたとあまいじかんをすごしたい』って」

あなたとあまいじかんをすごしたい。

あなたと甘い時間を過ごしたい。

あなたと――。

「……そう……」

まあ、虎の1頭2頭3頭4頭――どうということもないかな。今森に何頭の虎がいるか知らないが、出くわしたとしてもミケの子どもたちだろう。俺たちとも顔見知りだし大丈夫じゃない？　適当に3株くらい持ってきてこの辺に植えればアメリーもお世話するだろうし、うん。

まだ、こう、恋人らしいこと、というのをしたことがないので……してみたいのだけど……具体的に思いつかない。とりあえず花言葉なるものにあやかれないものか、試してみよう。

「あ、フラーン！」

「！」

手を振りながら走ってきたのは今考えていた人だ。危ないから走らないで欲しい。

転んで怪我でもしたらどうするのか。

「あら、アメリーと一緒にいたのね」

「うん」

「どうかしたの？　俺になにか用事？」

「うん、あのね！　考えたんだけど……フランに電話を作ってもらえないかなって」

「でんわ？」

なんかちょっと久しぶりに聞いたな、ラナ語。いや、ラナの前世の……えーと、竜石を使わない道具か。でんわ。今回も不思議な響きだな。

「って、どんなものなの？」

「個人的には携帯電話も欲しいけど、まずはお店同士で使える固定電話から！」

んん、聞き方がいまいち間違ってたかな？

携帯でんわ、と固定でんわ……なんかますますわけが分からない。

いや、携帯でんわは持ち運びができるってこと？

固定でんわはなにかに固定されて動かせないいんだろうってのは、まあ、名前から察しがつくけど、その他の情報が少なすぎて、まったく全容が掴《つか》めない！

「それに電話をお父様にすれば、手紙よりも頻繁《ひんぱん》にお父様に注意できるし！」

キラキラとした笑顔で宰相様《さいしょう》が注意されることになっている。

まあね、陛下の容態が相変わらず芳《かんば》しくないみたいだしね。今からでもいいからアレファルドが王太子として頭角を現してくれれば、陛下も頑張《がんば》れると思うんだけど、どうかな？

まあ、それはそれとして『でんわ』に関する情報が少ないままかーい。

しかし、『青竜アルセジオス』にいる宰相様の存在まで出てきたということは、遠くにいる人間と連絡を取り合える竜石道具なのかな？

手紙を一瞬で届ける、とか？　いや、それはさすがに無理……。

「あ、あと、そのー、固定が完成したら、携帯も欲しいな。フランがどこにいても連絡がつくし……声が聴けるし……」

「ん？　なに？」

最後の方はどんどん声が小さくなるから聞こえなかった。なんて？

「な、んでもない！　あ、えーと！　そう！　ひ、暇な時でいいの！　暇な時で！」

「別にいいけど……もう少しどんなものなのか詳《くわ》しく教えてもらっていい？」

「いや、しかしフランってかなりのイケボだし私の耳が死ぬかもしれない……」

「ラナ？」

さっきから時々後ろを向いてボソボソと……一体なにを——？

「ま、まあいいわ！　死ぬ時はフランも道連れよ！」

「!?」

爆発物かなにかなの!?　そんな危険物作りたくないんですけど!?

「おねえちゃん」

「！　な、なぁに、アメリー」

一体なにを作らせたいんだ、ラナは。

不安に駆られていると、アメリーが俺の足元にやってきてひょこりと顔を出す。

牧場に来た日に髪型をラナに色々いじられ、左右に分けて結ぶ『ツインテール』がお気に召したアメリーはあれからこの髪型ばかりになった。可愛いし似合ってる。

多分ラナもこの髪型にしたら可愛いんじゃないかなぁ。ちょっと見てみたいなぁ。

「いけぼってなぁに？」

「!?」

いけぼ？

「おねえちゃんが今……」

「言ってない言ってない！　イケボとか言ってないわよ！　いや、言ったけど、でも別にフランのことがそうだとは言ってない！　……いや、言ったけど……。でもほら別に私は声フェチとかそういう属性はないと思うし⁉」

「え？　は、はあ……？」

なに1つ言ってることが分からないんですが。とりあえず、人間ってものすごい速度で、顔と手が動くものなんだなぁ。ラナだけ？　あんな首を左右にブンブンしながら両手も左右にブンブンして……気持ち悪くならないのだろうか？

「夕飯の準備してくるぅ！」

「え！　ラナ⁉　これから昼食じゃ……」

昼食じゃなくて夕飯の準備を、もう⁉

一体どんな手の込んだ料理が出てくるんだろう？　あ、ちょっと楽しみになってきたぁ。

「……あ」

結局『でんわ』についてほぼ謎のままだ。なんなんだろう、『でんわ』って。さっきラナが言ってた情報だけで推察すると『遠くの人と連絡を取るもの』のようだったけど。

『洗濯機』や『冷蔵庫』と違って名前にヒントが全然ないパターンのやつだなぁ。

「仕方ない。アメリー、俺森の方に罠《わな》のチェックに行ってくるから」

「はぁ～い」

「アメリーはなにしてるの？」

「ひなたぼっこしてるぅ」

「そう。寒くならないうちにお家に入るんだよ」

「はぁ〜い」

と、言って座り込む。

なんというか、不思議な子だなぁ。女の子、この子だけのんびりさんというか。ぼーっとしてるの楽しいのは分かるので帰ってきたあともいるようなら俺が家に入れればいい。


さて、実際は罠など仕掛けていないのだが、虎の縄張りに踏み込む。

川を渡らない、『黒竜ブラクジリオス』側の森である。牧場の周りは全方向森なのだが、川を1つのラインとして考えると4つのエリアに分かれている、と思うと分かりやすい。

『青竜アルセジオス』側の川向こうエリア。ラナとファーラがカーズと遭遇《そうぐう》した場所だ。

『青竜アルセジオス』側、牧場エリア。温泉がある場所だね。

『黒竜ブラクジリオス』側の川向こうエリア。野生のココアやコーヒー豆が生えているところ。

『黒竜ブラクジリオス』側、牧場エリア。これから行く、虎の縄張り。

「はぁ……」

やや深めの溜息が出る。

仕方ない。虎は猛獣。ミケたちはなぜか人懐っこくて数日顔を覗かせ、餌《えさ》をねだったあと近づいてこなくなったけど、ミケやその子どもたちとは今も良いご近所さん関係だ。

しかし、減ったとはいえうっかり密猟者に遭遇してしまう可能性とかもある。

子どもが来ているので盗賊もさることながら、密猟者なんて危ない奴らがうろついていたらとりあえず締め上げて吊るしておかないと。あのやんちゃ坊主たちが遭遇して怪我でもしたら殺しても殺し足りなくなってしまう。それはお互い不幸だよねぇ。

「おい」

「ひっ！」

「な、なんだテメェ！」

「バカ、ビビんな、よく見ろ、１人だ！　囲んで縛り上げ——！」

このように。

遭遇してしまうと臨戦態勢になってしまう。っていうか本当にいるとは密猟者。

『竜の爪』をたった3人ぽっちに見せるのはもったいない。

あと、こっちは『黒竜ブラクジリオス』側なので集中するのめんどい。なのでナイフで十分。

王家の『影』を何百年の単位でやっていた『ベイリー』の血筋を舐《な》めないでもらおう。

ましてや俺はアレファルドの『影』だったのだ。素早く距離を詰めて間合いに入るのなんて簡単なんだよ。

「なっ！」

その途中、ロープを円にして空中に投げつつ注意を逸らすために真ん中にいた男の顎へ掌底《しょうてい》を食らわせ、少し体を捻って右の男の方に突き飛ばす。呆気《あっけ》に取られている左の男の手を掴み、2人の方へと投げ飛ばして、空いていた手でロープを引けば――はい、終わりと。

「ぐえ！」

「ぎゃあ！」

「いてぇ！」

あとは適当にグルグル巻きにして、持っていた武器や薬をもらって靴とズボン、下着を脱がせて川の方に捨ててくる。

ああ、川には捨てないよ？　そんな自然破壊するわけないでしょ。あとでまとめて燃やすのだ。革靴や布はよく燃えるので少し遠出して罠を仕掛けに行く、昼食キャンプの時にね。

え？　こいつら？　さあ、どうなるんだろうね？

下半身丸出しなので町には行かないと思うけど。

『青竜アルセジオス』側でここから一番近い『ダガン村』は流れちゃったし……知らないなぁ。

「て、てめぇ！　返せ！　ふざけてんのか!?　ここら辺は虎が出るんだぞ！」

「えぇ？　その虎を密猟しに来たんでしょ？　知ってますがなにか？」

「な！　わ、分かってるなら返せ！　こんな状況、虎に見つかったら食われちまうだろうが！」

「密猟は犯罪だし、『緑竜セルジジオス』の法で密猟者は獣食殺《じゅうしょくさつ》の刑だよ？　同じでしょ」

「っ！」

『緑竜セルジジオス』は植物が非常に育ちやすい半面、森もまたすごい速度で成長する。

野生動物はその森をある程度管理してくれるありがたい存在なのだ。

実際この辺りも野生の草食動物がもぐもぐしているので、手がつけられないほど生い茂っているというわけでもない。餌となる植物が多ければ当然草食動物が増える。

それをさらにまた管理してくれるのが肉食動物。いわゆる猛獣たちだ。

だが、その猛獣たちの毛皮は『青竜アルセジオス』の貴族に人気が高く『緑竜セルジジオス』は密猟者のせいで頭を抱える事態が各地で多発した。

『青竜アルセジオス』の貴族がその都度《つど》『自粛』を宣言するが、密猟者の持ってきているものを購入している時点で自粛もなにもあったものではない。

見かねて『ベイリー家』と王家が法律で禁止にまでしたが、それもどこ吹く風。そのような経緯から『緑竜セルジジオス』での密猟者の扱いは最高に残酷なものとなっている。

密猟者が捕らえられた場合、『緑竜セルジジオス』王家が絶滅危惧種として保護し、繁殖活動に力を入れている紅獅子に生きたまま餌として与えられる処刑法が適用されるのだ。

自業自得なので当然の結果だと思う。

なのでこの小汚い3人組がここの虎たちにどうされようが知ったことではない。

だって結果は同じだ。紅獅子か虎、どちらの腹かの違いである。

「そ、そんな……ま、待ってくれ、なあ……頼む……」

さてと、ルーナの花があった場所はもう少し川の方だったかな。あ、でも時期的にどうだろう？　咲いているかな？　まあ葉っぱを見ればどれがルーナの花かくらい分かるけど。

「お、おい！　嘘《うそ》だろ！　マジで放置していくのかよ!?　おい！　おいいいいぃ！」

川のせせらぎが聞こえてくる。この辺りまで来ると、鳥の声も増えるな。

もう少し川の方に行くと――。

「！」

あ、あった。ルーナの花だ。花はついていない。蕾《つぼみ》も。本当にただの草だな、これだけ見たら。まあいい。あちらに植え替えればいずれ蕾もつけるだろう。

「♪」

花言葉の方は、まあ、さすがに伝えられないけど……家の近くに植えたら、それに近い感じのご利益とかない、かなぁ？

◆◇◆◇◆

「あ、ルーナの花だ」

「昨日たまたま見つけてね。植えておいたよ」

翌日、朝の掃除が終わってからいつも通り花畑に来たアメリーは早速昨日植えておいたルーナの花に気がついた。初めて瞳をキラキラさせて、嬉《うれ》しそうにしているのを見たな。気に入ったのなら良かった良かった。

「ありがとう、おにいちゃん」

「どういたしまして。ちゃんとお世話してやるんだよ」

「うん、まかせて。おにいちゃんもおねえちゃんのおせわ頑張ってね」

「……ん、うん？」

結局よく分からないアメリーと別れてから、ルーシィの体調を見るべく畜舎に立ち寄る。

「さあ！　たくさん食べなさい！」

——と、そんな元気のいい声。覗き込むとクオンが餌箱の前で仁王立ちしていた。

子どもらの中でもクオンは本当に働き者だ。クラナも来てすぐにラナに料理を教わって、牧場カフェが開店したら主戦力として働けるように頑張っているけれど。

動物たちを放牧場に出して、その間に畜舎をピッチフォークで掃除する。

水を替え、飼料《しりょう》を餌箱に入れ、干し草を少し混ぜつつ寝床用の干し草を取り替えて……。

日に日にクオンの働き方は熟れてきていた。呑み込みが早く、やる気に満ちているからこそこの子は気をつけて見ていなければならないだろう。

「クオン」

「はい！」

「クオンは料理しないの？」

「えっ」

真面目《まじめ》な子は折れやすい。次男のルースがそういうタイプだった。

普段は割とバカやってるんだが、俺の次に年長で、俺が外国への諜報《ちょうほう》活動が多めだったこともありほとんど家にいないから、どんどん自分を追い込んだのだ。

ポキーン、と折れそうな直前で気づいたから良かったものの、真面目な子ほど生きづらそうなのがなんとも理不尽な世の中である。

「料理、できなきゃ、やっぱりだめ……なんでしょうか？」

「ん？」

「あ、あたし、料理とか、針仕事とか、細々した作業が苦手なんです。みんな――大人は、『女の子なんだから、できないと嫁に行けないぞ』って言うの。この国でも、そうなんですか？」

ああ、そういう……。

女の子ってそういうことを小さな頃からすり込まれるんだっけ、世間では。うちは男しかいなかったから、嫁とか以前に婿入り先だなぁ。

多分クールガンより下の弟たちは『竜の爪』が発現しない。するとしたらクールガンよりも爪の数が多い子だろう。

なぜか『その世代で一番爪の数が多い者』が発現したあとは、『爪持ち』が発現しなくなる。

そして、それ以前に『爪持ち』だった者の『竜の爪』はゆっくりと消えていくのだそうだ。

親父にも兄弟はいたが、長男である親父が一番爪の数が多く、弟たちは発現すらしなかったらしい。つまり親父含め俺と次男のルースもいずれ『爪』が出せなくなるということ。

いつ力が消えるのかは人それぞれらしいが、家から出ている俺は真っ先に使えなくなるだろう。まあ、使えなくても生きていける程度には鍛えてきたから平気だけど。あと、これから筋肉も増やさねば。ラナは割と筋肉好きみたいだし。頑張る。――ではなくて。

「んー……まあ、できないよりできることは多い方がいいんでは？　とは、思うね」

「できないより、できることが多い方が……」

「うん。そして、あとはクオンはまずそれをやりたいの？　やりたくないの？」

目を見開いたクオン。これまで強要はされていたんだろうが、自分自身はどうなのか、を考えたことがなかった。みたいな顔だな。

「でも、あんまりうまくできないし……」

「できるできないではなく、やりたいかやりたくないか」

「うっ。できたらいいな、とは、思う」

「それはやりたいってこと？」

「う、ん」

ふむ。では簡単だな。

「そう。じゃあ、まずはここを片づけてからにしよう。そのあといいものあげるよ」

「？」

と、いうわけで畜舎を掃除して朝の仕事を終え、クオンを連れて自宅の2階へ。

俺とラナの部屋、子ども部屋の間には細長い倉庫があるのだが、そこにしまってあったあるものを取り出してくる。作ってみたはいいけど、出番がまったくなかったものだ。

「？　それ、なぁに？」

「糸紡《つむ》ぎ機と機織《はたおり》機」

の、竜石道具。

実はこの牧場に来てから割と初期に作っておいたのだが、特に使うことなくしまってあった。

そろそろ羊の毛も伸びきるし、冬に備えて準備を始めた方がいいだろう。おじ様も羊を贈ると言ってたからもっこもっこもっこに毛の伸びた羊が近々増えるはず。まあ、それでも足りないだろうし防寒具は町で買い足すことになるとは思うけど、町に全員連れていくのはちょっとね。

本当は全員連れていって、それぞれ自分の好みで選ばせてあげたい。

だが、それは少しずつ町の人たちにこの子たちの顔と名前、性格を覚えてもらって、仲良くなってから。じゃないとこの子たちの髪や目の色では馴染《なじ》めないだろう。嫌な思いはさせたくないんだけど、これればかりは仕方ないね。

他の方法としては町の人に喜んでもらう仕事をする。

うちの羊の頭数では大したものは作れないが、なんにもしないよりはマシ。

「糸紡ぎ機とはたおりき？　って、なに？」

「おっふ。そこから？」

いや、それもそうか。『赤竜三島ヘルディオス』は昼暑く、夜はふざけた気温に下がるはず。

あちらの防寒具は水を全部抜いたサボテンをさらに乾燥させたモノを薪《まき》代わりにして火を起こし、夜はそれで暖《だん》を取る——だったかな。あとは同じく水を全部抜いたサボテンを天日干《てんぴぼ》しし、平らにしたあと縫い合わせて生地にするとか。

俺も『赤竜三島ヘルディオス』の文化にはそこまで明るくないから、うろ覚えだけど。

まあ、分からないなら説明すればいい。

糸紡ぎ機と機織機を2階の店舗へ移動させて、空いたスペースに置き、使い方を説明した。

使い方といってもまあ、糸紡ぎ機は糸の素《もと》をここに置いて、先端を小管《しょうかん》に巻いていくだけなんだが、手動でハンドルを巻く必要がなく、自動で巻き巻きしてくれる。

「以上。——で、機織機の方だけど……」

こちらも糸の設置をすればあとは自動。カシャカシャしてくれる。

「これならできるんでは？」

「す、すごい、『緑竜セルジジオス』って、こんなものがあるんだ？」

いや、俺が作ったものだし、試作品なので世界にこれしかないけど。

今まで誰も使うことがなかったので価値もよく分からない。

ラナも「ジンギスしかいないから糸紡ぎ機は使わないかもしれないわよねぇ」と言ってたし。

だーよねーぇ。

でもまあ、子どものおもちゃ代わりにはなるだろう。ジンギスの毛を自分の好きなものに加工していくのは、多分子どもにはよい刺激になる、と思う。

なにより、得意じゃないからやらないより、やってみたら楽しい方がいいよね。

「どう？　やってみない？」

「や、やってみたい！　です！」

「じゃあ、明日ジンギスの毛を刈ろう。毛はよく洗って、干して、それから糸にするそうだよ」

「やる！」

「オッケー。じゃあ約束ね」

「うん！　ありがとうお兄ちゃん！」

糸を紡ぐまでが長そうだけど、本人が楽しみになってくれてるようなのでまあいいか。


「それで、結局『でんわ』ってどんなものなの？」

「忘れてた！」

その夜、夕飯作りを手伝いながら一昨日ラナが言っていた『でんわ』について聞いてみた。

昨日1日話題に出なかったのでもしや、と思ったらやはりか。

「えっとね、電話っていうのは遠くの人と話ができるものなの」

「遠くの人と話？」

どういうことだろう？　全然想像がつかない。

で、よくよく聞いてみると『固定でんわ』は小さい箱と『じゅわき』なるものが連動しており、でんわがかかってくるとその『じゅわき』を持ち上げて対応するんだって。

逆に『携帯でんわ』は『じゅわき』が内蔵されているらしく、掌《てのひら》サイズで『固定でんわ』と同じスペックがあるそうだ。

そんなバカな。無理でしょ、絶対。

と、思うのだが、途中からラナが「いや、固定も携帯もどっちも正直私を殺すんじゃないかと思うから悩んじゃって」と言い出すのでやはり『でんわ』は相当な危険物らしい。

なんでそんな危険物をラナが欲しがるのかさっぱり分からないのだが、その危険を省みることなく挑《いど》み続けた先に『宰相様との直通連絡』があるのだとしたら、ラナにはその危険を冒《おか》してでも挑む必要がある——ということなのか。

そうか、それほどまでにラナにとって『悪役令嬢の運命』は恐ろしいものなんだな。普通に家族と連絡を取りたい気持ちは俺もあるけど、死の危険を覚悟してまでっていうのはねぇ。

「それは安全に使うことはできないの？」

「え？　いや、無理無理、だって耳元で声が聞こえるのよ？　私、その属性ないと思うんだけど、想像しただけで鳥肌立っちゃうもん」

「そ、そうなんだ」

想像をしただけで鳥肌が立つなんて、ヤバくない？

「え、それでも欲しいの？」

「う、うーん。だから悩んでるのよ。あれば絶対便利でしょ？」

「まあ、効果を聞いた限りでは」

副産物にそんな危険があるなら、やめた方がいいんじゃないのか？

とはいえ、それはラナの前世の時の道具の話だろうから、この世界の『竜石道具』として作った場合どうなるかは分からない。形状を聞いただけだと爆発する感じでもないし、耳元で声が聞こえると命の危機に陥るっていう状況もイマイチ。

しかし、ラナがそこまで言うんだから相当危険なのだろう。

どうしたらその危険を取り除くことができるんだろうか？　うーん……。

「じゃあ耳元で声が聞こえなければ安全なの？」

「え？　それって電話の醍醐味《だいごみ》を抹殺してない？」

「？」

だ、醍醐味、とは？　だって危険なんだよね？　は？　どういうこと？

「あ、テレビ電話的な？」

「？　？　？」

なぜそこで新たな単語が出てくるのか。て、てれびでんわ？　今度はなんだ？

「そっか、それなら——けど、そんなことできるの？　フ、フランならそりゃ作れそうだけど、電話をすっ飛ばしてテレビ電話だなんて——あ、それはそれで恥ずかしいな！」

「？　え、えーと……」

『でんわ』もよく分からぬうちに、もっと難易度が高そうなものの話になってる……感じ？

困ったな、今回の道具は話がどうも飛び飛びになって進まない。

「ラナ、あのさ……つまり、ラナはどんなものが欲しいの？」

ラナが望むものはなんでも作ってあげたいのだが、どんなものか分からないと作れない。

すると、少しだけキョトンとしたあと顔を赤くして逸らされた。

あれ？

「え、えーと、えーと、欲しいものって言われるとそのー……欲しいものはないんだけど〜」

「へ？」

欲しいものはない⁉　どういうこと⁉　じゃあ『でんわ』の話は一体……⁉

「だって、今割と……それどころじゃないくらいいっぱいいっぱいというか」

「え？　どうしたの？　具合悪いの？　大丈夫？　夕飯は俺が作るから休んでていいよ」

「違っ！　もー、そういうことじゃないわよっ！　フランって本当変なところ過保護！」

「?」

具合が悪いわけではないの、か?

それどころではないくらいいっぱいいっぱい……体調に余裕がないってことじゃないのかな。

「う、うう、ど、どうしたらいいのか分かんない」

「?　え、え?」

「………」

そして黙るの!?

「うっ、や、やっぱり、電話が欲しい!」

「え?　あ、はい」

「だから作って!　固定と携帯!　あとでイラスト描くから!」

「わ、分かった」

「ふおおおう!」

と、鍋をかき混ぜる。一体なにと戦っていたのだろう?


翌朝。動物を放牧してご飯を食べに戻ろうとした時、クオンにそんな呼ばれ方をした。

「ユ、ユーフランさん……」

振り返ると、毛刈りハサミを持って俯《うつむ》いている。表情はガッチガッチ。

なんだろう、と思いながら近づいてしゃがみ込み、目線を合わせる。

「どうしたの」

「ユ、ユ、ユーお兄ちゃんって呼んでも……いい？」

「いいよ」

というか昨日の時点で俺のこと「お兄ちゃん」って呼んでたの、自覚なかったのか。

真面目なクオンらしい。つい、口元が緩《ゆる》んでしまう。

頭を撫でて「あとで他の羊の毛刈り手伝ってあげるね」と言うと満面の笑顔でクオンは頷いた。ラナのイラストはもらっているけど、今日のところは『でんわ』じゃなくて毛刈りを優先かな。

「きゃあ!?」

作業小屋に移動しようと背を向けた途端の悲鳴に驚いた。

振り返って見れば、1つに結ったピンクの髪を引っ張られているのはクオンで、引っ張っているのはやんちゃ坊主その2、アル。

クオンは咄嗟《とっさ》にやめさせようとしたのだろう、手に持っていた桶《おけ》を地面に落とす。中には昨晩納屋で漬けて置いておいた羊毛。これからまた井戸に持っていって洗うつもりだったもの。

あ、ちなみに全剃《そ》りするとジンギスが冬を越せなくなるので、ほどほどに残したよ。ワズには「春に刈るんだよ」って言われてしまった。……なんて冷静に思い返している場合ではない。

ばちゃあぁ！　――っと、盛大に散らばった水と羊毛。クオンだけでなくアルにもその水がかかった。それに驚いてアルはクオンの髪を掴んでいた手を離すけど、クオンはそれよりも、自分の髪や足にかかった水よりも――。

「ああっ！　ジンギスの毛が！」

「うわっ、きったねー！」

まあ、アルは濡れた方に悲鳴を上げている。

んー……なんつーか、これは、もしかしなくとも、アレですか？　このままいくと――いや、多分手遅れかな？

地面に落ちた羊毛をかき集めて桶に戻していくクオンに、アルは若干どうしていいのか分からないままそれでも一応手を伸ばして「おい……あの……」と声をかけた。

さてはアル、クオンが水の入った桶を持ってるの気づかずに絡んだな？

しかも「きったねー」などと声まで出して。

「あっちに行って」

「いや、その……持ってるって気づかなくって……」

「うるさい！　あっちに行ってよ！　アルなんて大っ嫌い！　もう近づかないで！」

「っ……！」

ふむ、アルはうちのルースと同じタイプか。好きな子に構って欲しくて悪戯《いたずら》を仕掛けて嫌われるやつな。ルースの場合は婚約者が大人しい女の子なので、震《ふる》えて泣かせて毎回俺が仲裁に入り、破棄《はき》までは至っていないのだが。あれ、なんなんだろうなぁ？　俺にはちょっと分からないのだ。同じ男で、好きな子の前で恥ずかしい気持ちは分かるのだが、ああして意地悪する心理が理解できない。

あんなの無理でしょ。俺の場合は、相手が主人《アレファルド》の婚約者だったせいもあるけどー。なぜわざわざ嫌われる方向に動く？　ショック受けた顔しても手遅れでしょ。

「……！」

あ、つい普通に見入ってた。面倒くさいけどフォローしておいてやろう。

「クオン、俺とアルがやっておくから着替えておいて。濡れたままだと風邪ひいてメリンナ先生に診察料を払うことになるでしょ」

「！　わ、わかった……」

一番びしょ濡れになっているクオンを自宅の方へ誘導して、呆然《ぼうぜん》としているアルを手招きして呼び寄せた。なぜか「ひぃ！」って声を上げられたのだが、俺、そんなに怖い顔してたかな？

チャラいとか軽薄そう、とはよく言われるんだが「ひぃ！」はなかなかないよ。

「別に俺は怒らないから大丈夫だよ。俺は、ね」

「……うっ」

「この事件以降、アルはクオンに嫌われて一生無視され続けることになる。クオンは町で出会った優しい青年と恋に落ち結婚。クオンへの想いを引きずったアルは生涯独身、1人寂しく生きていくのでした。完」

「な！　なんだよそれぇぇ！」

ぷんすこ怒って近づいてくるが、足下を見てまた固まる。

羊毛はある程度塊《かたまり》にして桶に入れたが洗い直しだ。まあ、元々水は捨てるつもりだったし、洗いの作業は2～3回繰り返す必要があるらしいから汚れたのは構わない。

ただ、ワズがくれた羊飼育の本に『毛についていた油脂《ゆし》は、抽出したあと動物性油として様々なことに使用できる』って書いてあったからちょっと試してみようと思ったんだけどなぁ。

まあ、羊1頭分では大したこともできないだろうし、それも別にいいか。

「アル、洗い直すから手伝って」

「な、なんでおれが……。落としたのクオンじゃん……」

「ん？」

「な、なにしたらいいんだよ……ですか」

下手な敬語使わなくていいんだが、覚えておいた方がおじ様が来た時に役立つだろう。

唇を尖《とが》らせながら、おれの後ろについてくるアル。

井戸まで行くと、ちょうどラナが井戸水を汲み上げているところだった。

「手伝うよ」

「あ、フラン。ありがとう」

井戸水を汲むのって結構腕力がいる。普通の貴族令嬢よりもたくましいとはいえ、ラナの細腕では大変だろう。

ん、そういえば、『赤竜三島ヘルディオス』向けにラナが考えた『手押しポンプ』とかいうやつの設計図が中途半端になってたな。冬場は手が悴《かじか》んで大変だろうし、その前になんとか作れないだろうか？　とはいえ、俺は鉄加工苦手だしなぁ。

本格的に作るなら竜石学校が本格始動してからの方がいいかな。

「ねえ、フランはお昼なに食べたい？」

「え？　そうだなぁ……前に作ってくれた甘くない卵焼き？」

「フランって卵料理が好きよね」

「そ、そう？」

肉料理の方が好きなんだけど、この生活してると肉は贅沢《ぜいたく》だからなー。

肉といえば、カルビとサーロイン（※命名：ラナ）もそろそろお婿さんお迎えしてもいいかな？　妊娠しなくても乳が出る品種だとは聞いているが、その分寿命が短いという。

世話してるとどうしても愛着が湧《わ》くじゃん？　その血を継いだ子のお世話をしたいと、思うものじゃん⁉

月末だから売り上げが入るし、ラナのカフェ店舗のお金と生活費を差し引いてなんとかならないかな。町に買いに行くのも面倒くさいし、家畜屋さんに寄ってもらえるように頼むか？

しかし『エクシの町』からここまで来させると絶対追加料金発生するだろうし、悩ましい。

「具合の悪い子でもいるの？」

俺が放牧場を見ていたからだろう。ラナが少し心配そうに見上げてくる。

ん、可愛い上目遣《うわめづか》い反則、死ぬ。

「ううん、カルビたちにお婿さんはどうだろうと思って」

「あ、そっかあ！　そういえばワズが1年で大人の牛になって、繁殖できるようになるって言ってたものね。あの子たち、ちゃんと毎日お乳を出してくれていたのに、あれでまだ子牛の扱いだったの……」

「実際飼ってみなければ分からないことだったわけだし。俺ら一応これでも元貴族だもん」

「う、うん、そうよね」

「カルビたちは年中お乳を出すから寿命が短いって言ってたよね」

「そ、そうね……」

「「………」」

やばい、軽くお通夜みたいな空気になった。話題を変えよう。

「あ、ところでアルはなにしてるの？」

「クオンにちょっかい出してますます嫌われたところ」

「っ！　べ、別にあんなブスに嫌われたところでなんでもねーし！」

俺が水を汲み、ラナの持ってた瓶《びん》に必要な分を注いだあと羊毛の入った桶にも水を入れた。

しょぼくれて座り込むアルは、頬を膨《ふく》らませて叫ぶが説得力は当然まったくない。

むしろ「クオンが好きだ」とバラしているぐらいあからさまである。

「え、へ、へえ？　アルってクオンのこと好きだったの」

「はあ!?　すすすすきとかじゃねーし！　なんでそーなんだよ！　ちっげーしっ！」

「うわ、こんなに分かりやすいの初めて見たかも」

「だよねー」

ほれ見たことか。ラナにも即バレしているではないか。

「ラナ姉さん、お昼なににしますか？」

ガチャッと玄関から降りてきたのはクラナ。

おや？　いつの間にかクラナがラナの名を呼ぶ時に「愛称」＋「姉さん」ついてる？

ドヤァっとしてるラナの顔。なんで俺にドヤ顔？　可愛いけどさ。むしろ可愛いだけなので
は？　はあ、可愛さのアピールですか？　十分ですけど？　それ以上は過剰摂取になって俺が
死にます。あー、なるほどね。まあ、初めて会った時から言ってたもんね。いいんではないの
でしょうか。

「あら？　アル、なにしてるの？　２人にご迷惑になるようなことしてないでしょうね？」

「し、してねーよ！」

「アルがクオンのこと好きだったのね、っていう話してたのよ」

「ちがっ！　あんなブス好きなわけねーし！」

「え？　アルがクオンを、好き？　あんなに毎日喧嘩《けんか》してるのに？」

「「…………」」

お、おおう？

思わずラナと顔を見合わせてしまう。

もしや、クラナはその辺りにアレなタイプの人？　子どもの世話でその辺疎《うと》いのかな？

だとしたらダージスのあの直球型アピールは大正解だな。意外に相性がいいのかもしれない。

「こーゆー年頃の男の子って好きな子をいじめることがあるのよ。照れ隠しみたいでね」

「だ、だからあんな奴好きでもなんでもねーよ！」

「うちの弟も婚約者にこーゆーことを言ったりして、何度も泣かせてるんだよね……」

「泣く……⁉」

あれ、そこはショック受けるの？

いや、マジにこの好きな相手に意地悪する男子の精神構造が俺には難しすぎて理解不能。意地悪したら泣くに決まってるでしょ。そこに男女の垣根などないよ？

「な、泣く……クオンが……？」

「さっき泣いてたしね」

「え！」

「見えてなかったのか？　泣いてたよ」

と、言うと顔を真っ青にするアル。まあ、泣いてたといってもちょっぴりだけ。

多分あの子の性格からしてあの場で泣くのをめっちゃ我慢したんだと思う。

「……？　好きなのに照れていじめる？　なんでですか？　そんなことしたら嫌いになるに決まってるのに」

「き、嫌い……」

「本当よね。不思議なもので、恥ずかしいからそうなるみたいよ」

「俺も男だけどその心理は理解できない」

「そ、そうなの？」

「うん。あんまりにも理解できないから経験者にその心理状態を聞いたところ、恥ずかしくて、なんにも考えられなくなって、気がついたら意地悪してるんだって」

ルース曰く、だ。

だが、目を見開いて唖然《あぜん》としているアルを見る限りこいつもそんな感じなんだろうなぁ。逆にクラナはますます眉《まゆ》をしかめて小難しい――いや、険しい顔になっている。もしかして――。

「クラナも心当たりがあるの？」

「はい、まあ……『赤竜三島ヘルディオス』にいた頃、いつも意地悪をしてくる男の子がいました。偉そうだし、悪口を言うし、髪の毛を引っ張ってきたり突き飛ばしてきたり、もうホントサイッテーな男でしたね！」

「「…………」」

俺とラナはつい、アルを見下ろす。それに気づいてヒクッと全身を強張《こわば》らせるアル。

クラナの「思い出しただけでも腹が立つ！」の拳つきセリフは相当な圧がこもっているので、

よっぽどだったんだろうなぁ。

しかし、クラナほどの美少女ではちょっかいもかけたくなるんだろう。……方向性が死ぬほど大失敗しているけど。

「その子絶対クラナのこと好きだったのよ。クラナの気を引きたくて、そういうことしてたんだと思うわ」

「はあ？」

「うっ」

未だかつてないほど低いクラナの声を聞いた。

「そんなの気持ち悪いですけど」

「そうなのよねー、逆効果なのよ。そういうのが許されるのはイケメンに限る」

「……いけめん？」

「顔と性格と面倒見がよくてスペックも身分も身長も高い上、高収入で生涯安泰な男の人のことよ」

「ふ、ふーん」

令嬢の間で使われる隠語《いんご》かなにかか？　初めて聞いた。

顔と性格と面倒見がよくて、スペックも身分も身長も高く、高収入で生涯安泰。

そ、そんな奴いるの？　ああ、アレファルド辺りは全部当てはまるんじゃない？

なるほど〜、アレファルドは『いけめん』というのか。

「そ、そうそう、うんうん、フ、フランも当てはまるわよね、うん。まあ、フランは私にそんなことしなかったし、するイメージもないから本当ただのイケメンっていうか……うん」

「確かに多少意地悪いことを言われたりされたりしても、あんまり気にならなかったもんな〜」

「………。え？　フ、フラン？　待って、なんの話？　え？　誰のこと言ってるの？　まさかのＢＬ案件？」

「びーえる？」

今度はどんな意味のある言葉だ？　え？　ラナの顔がアルに負けないくらい真っ青で赤い!?

しかも汗だく!?　なにそれ、どういう状況!?

「お金持ちだとしてもあんな奴死んでもお断りですよ！」

しかしそこはクラナがスパーンとぶった斬った。ラナも一瞬固まったが「まあ、そうよねぇ」と肩を落とす。

さて、ではそれらのものが今のところなに1つ当てはまらないアルはというと……顔面が絶望してる。あ、いや、将来は分かんないよ？　数年後には全部備えてるかもしれない……し。

「アル、今からでもきちんとクオンに謝って、その意地悪してしまう癖《くせ》を直した方がいいよ」

「で、でも……どうしたらいいのか、分かんねーし……」

うむ、さすがに現実を思い知ったようだ。……クラナ怖かったしね……。

「そうねぇ、急に態度を変えるのも不審に思われるかもしれないから——あ、そうだ。フランに弟子入りしたらいいんじゃない？」

「はあ？　俺？　なんにも教えることとかないけど」

「……どの口が……」

「？」

「ん、んん、いや、だってフランも……えっとそのー、イ、イケメン要素が揃《そろ》ってるし」

「え？　俺に？　さっきの条件が？」

えっと、顔と性格と面倒見がよくて、スペックも身分も身長も高く、高収入で生涯安泰？

顔は普通、性格はあんまりよくない。人の面倒も見るのは面倒くさい。スペックはまあ、確かにそこそこ平均よりやや高めだとは思うし、背はアレファルドより少し高いくらい。

でも高収入は当てはまらないんじゃないか？

竜石核《りゅうせきかく》はいい値段で売れるのは確かだが、これがいつまでも続くとは限らないわけだし。

「？」

「本気で首傾げてる……」

「そ、そうですよねぇ、さっきの条件、ユーフランさんも揃ってますすよねぇ」

「でしょう⁉」

「そう？」

クラナまで同意するなんて。俺はその辺にいる普通の貴族だというのに。家は少し特殊だけど、俺は割と普通の人だよ。むしろやる気なさすぎて周りからは呆《あき》れられてるくらい。

「そ、それじゃあ証拠を見せてあげる！　見ていなさい、アル！　これが女子に好かれるいい男というものよ！」

「は、はあ？」

と、なぜか思い切り胸を張ってアルに指先を突きつけるラナ。一体なにを始めるのかと思ったら、ぐるっと俺を振り返り、腰に手を当ててフンス、と鼻息荒く命じてきた。

「フラン！　私に意地悪を言ってみて！」

「…………」

疲れてるの？　と、聞くと地団駄《じだんだ》を踏みながら「いいから！」と叫ばれる。

意地悪？　ラナに意地悪を言う？　んんん？

「なんで？」

「それで証明するのよ」

「な、なにを？」

「フランが私に意地悪を言えば分かるわ！」

は、はあ？　これはなにがなんでも『意地悪』をしなければいけない流れ？　いや、本当になんで？　ラナが嫌がるようなことや困るようなこと、俺はしたくない。

だって、さっきのクラナを思い出すとさぁ……嫌じゃん「死んでもお断り！」なんて言われたら立ち直れないよぅ。

「う、うーん……やっぱりやだ。無理。俺、ラナに嫌われたらその瞬間に生きていけなくなっちゃう」

「…………………」

「わ、わあ……」

だから無理。ごめんね、と謝ると……ん？　あれ？　ラナがカタカタと震えながら顔を真っ赤にして……汗がダラダラ!?　な、な、なにごとだそれは!?

「ラナ、すごい汗だけど大丈夫!?」

「……き……」

「へ？」

「卵焼き！　作るからーーーー！」

「は、はい」

どっ、とすさまじい勢いで家の中に入っていくラナ。すごいな、完璧な走りのフォームだった。公爵令嬢でありながら、騎士《きし》の訓練で教わるような走りのフォームをマスターしているなんて……王妃教育、ちゃんとされてたのか？　けど王妃教育であの走り方教わるもんなのかな？

なんにせよ実にお見事だ。

「す、素敵です……！」

「？　なにが？」

「え？　ええ！　あれを無意識に⁉　さ、さすが『青竜アルセジオス』の貴族様！」

「え？　本当になんのこと？」

クラナもどことなく顔が赤い。そして、わけの分からないことを言いながら「きゃー」と嬉しそうに黄色い声を上げて「わたしもご飯作り手伝ってきます！」と自宅の方に駆け上がっていった。いや、本気でなんなの？

「アル？」

「……お、おれには無理……」

「え？」

「でも……クオンには、あ、あとで、謝る……」

「うん。そうな」

この一件のあと、アルに「ユーフランさん」とさんづけ固定とめいっぱいの敬語を使われるようになったんだけど……なぜ？

カリカリ、設計図を描く。紙はもったいないので、石板と石筆を使う。

おおよその形が完成したら、それを元に今度こそ紙に描き上げて問題ないかを確認する。

んー、ラナの言ってた『固定でんわ』はこんな感じかな？

……で、そんな俺の作業小屋に１人珍客がいる。

ニータンだ。テーブルの上に描いた設計図を眺めてぽかーんとしている。

「ニータンも描いてみる？」

「え、でも……道具とか、高いんじゃないの」

「ん？　石板と石筆は特に珍しくないよ。まあ、石筆は消耗品だけど、まだ１箱あるし」

「文字、書ける？」

「ああ、教わったことないって言ってたね。みんなにも教えないとな、とは思ってるけど、先に練習する？」

「い、いいの？」

「ダメな理由もないしねぇ」

そう言ってやり、真新しい石板を持ってくる。

薄くて強度のあるこの石は『黒竜ブラクジリオス』の特産品の1つ。

トワ様とロリアナ様の紹介でレグルスと取引の始まった商人の取り扱う品は大変に品質が良く、貴族が使う物と遜色《そんしょく》がない。その割にはとても安いため、重宝している。

しかしまあ、王家の紹介だ。商人の方としても「なんかヤバそう」って思ってそうだよなー。

「はい」

「っ！」

差し出したそれに、文字を真似して書いたりしたことはと聞いたら首を横に振られる。ふむ、じゃあ最初からか。

「基本的に文字——単語を繋げて文にしていく。全世界共通で、本もこれらの単語を文章にして使用しているから……」

「う、うん」

「主な単語は全部で40。これだけ覚えておくと、ほとんどの読み書きは困らない。副単語っていうのもあるけど、それは文官とかが使うレベル」

「う、うん……」

「まず5個、真似して書いてごらん」

石板に5つの単語を書く。それをニータンへ渡すと、まじまじと覗き込む。

それから俺の手元に広げられた設計図と見比べる。

「そっちは……なに？」

「これは設計図。竜石道具の核、竜石核に刻む命令《エフェクト》」

「えふぇくと？」

「そう。まあ、動作の命令系統。竜石道具は道具《アイテム》にエフェクトを刻んだ竜石核を取りつけることで作る。エフェクトをアイテムに移植すると、竜石はその土地のものを使えるようになるんだけど、エフェクトがきちんとアイテムの方に浸透しないと竜石道具としては使えない」

「それ、そのエフェクト？」

「そう。これからこれをこれに刻むの」

取り出したのは小型竜石。本当は中型がいいんだけど、ラナの話を聞く限り『携帯でんわ』なるものは持ち運びができる超小型の『固定でんわ』みたい。

なので、一度小型に刻めないか試してみる。

まあけど、問題は道具の素材なんだよね。俺、木の加工はそこまで苦手ではないんだけど、この……『本体』と『受話器』のように2つセットっていうのがどうしたらいいのやら。

竜石道具は基本単体でその役割を果たす。２つセットにして使うなんて聞いたことがない。なので、小型竜石を２つ使い、連動させることにした。上手くいくかまったく分からないが、失敗しても小型の竜石ならそこまでの損失にはならない。

あとは道具の形をラナの描いてくれたイラストを基に作ってみるだけ、なのだが――。

この受話器の形も難しいんだよなぁ。持ち手と、声を聞く場所、声を受け取る場所で上下にでっぱりがついている。素人に毛の生えた程度の俺には、なかなかの難易度の加工が必要そうなんだ。ドライヤーを作った時を思い出す。これを２つ作らなければならない。

『でんわ』は２つあって初めて『遠くにいても会話ができる』という役割を果たすのだ。牧場の『でんわ』から町のお店に置いてある『でんわ』に会話を飛ばす。

なんともむちゃくちゃだよ、『でんわ』。

そしてその機能を果たすべく、それにはそれでもう１つ小型竜石にエフェクトを刻むことにした。『本体』の方に、会話を受信・発信するエフェクトを刻んだものを仕込むのだ。

「うーん」

「どうしたの？」

「複数の竜石核が上手い具合に調和、機能するか不安なんだよね。あ、そうだ」

ぽん、と手を叩《たた》き、放牧場でシュシュと遊んでいたファーラに声をかける。

4つの小型竜石にエフェクトを刻み終わるとうち2つを1つの箱の中に入れた。

これは実験だ。ファーラに来てもらったのは、実験の安全性を高めておきたいから。

しかし、こうして設計図を書き、実際作ろうとしてみるとなるほどだ。複数の竜石核を1つの道具で使用するという異様性。確かに危険だ。ラナが繰り返し「死ぬかもしれない」と言っていたのはこういうことか。

「ファーラ？」

「あれ、ニータンもお兄ちゃんのお手伝い？」

「いや、オレは文字を教えてもらってた。ファーラどうしたの」

「ふふふ……」

腰に手を当て、ファーラはドヤ顔を浮かべる。

そう、俺が頼んだのはファーラにしか頼めないことなのだ。

それを聞いたファーラのこのご機嫌ぶり！　大興奮である。

一応、危ないといえば危ないので俺も万が一の時は『竜の爪』でこの子を守るけれど——。

「もしかしたら、竜石が暴走するかもしれないからあたしが竜石を停止させる役になるの！『加護なし』だからできるんだよ！　すごくない!?」

「は、はあ？　竜石が暴走!?　それをファーラが止めるって……危ないじゃん！」

「もっと危なくなる前に止めるんだよ。あたしにしかできないの！」

「なんで嬉しそうなんだよ！」

ニータンの怒りはごもっともだったりする。

しかし、俺には『竜の爪』もあるしおそらく暴走はしないと思う。でも、万が一ということもある。なにしろ複数の竜石を重ねて使う道具なんて初めて作った。俺の知る限り複数の竜石核を用いた竜石道具なんて存在すらしてないはずなので、念には念を。

『加護なし』であるファーラなら、竜石道具を即座に停止させることができる。

それに、『加護なし』であることにコンプレックスを感じているファーラに、ある意味その才能を生かす術《すべ》を与えることは彼女のためにも、他の『加護なし』のためにもなるはずだ。

この実験が成功すれば『でんわ』も完成するしね。うん、いいこと尽《づ》くめ。

「だって！　あたしが役に立てるんだよ！　『加護なし』なのに、あたしができることあるのすごくない!?　『加護なし』が役に立つなんてうれしい！」

「っ！」

「あのね、ニータン。お前がファーラをすごく心配してるのは分かるよ」

とても分かる。でも、この作業はファーラには必要だ。普通から少しだけ外れてしまった人間にとって、自分に役割があるのは生きる希望にさえなり得る。

俺も片目に『竜の爪』を抱えているから、ファーラの存在は結構な安定剤だったりする。『青竜アルセジオス』から離れてうっかり暴走とかしたらどうしよう、と、今ちょっとよく考えたら心配だった。

でもたとえ暴走しても、竜石の力を無効化するファーラがいればその暴走を止めてもらえる。『竜石眼』もまた竜石の能力を持つ。ファーラの『加護なし』で力を遮《さえぎ》ることができるはずだ。

そう考えると、ファーラって俺たちのような『竜の爪』持ちにとても重宝される存在なのでは、と思う。幼い頃から『竜の爪』の訓練をすると、時々やりすぎてしまうから。

自分も他人も傷つけてしまう前に、止めてもらえたなら——。

「でも大丈夫。危なくなったらちゃんと俺が守るから」

「ば、爆発したらどうするんだよ」

「そうならないように刻んだし、そうなっても守る。俺なら守れる」

言いきると、ニータンの瞳が揺れる。歯を食いしばって俯いて、それでもまだ「でも」と口にした。……もしかしてニータンってファーラのことが好きなのかな？

そう勘ぐったりもしたけれど、アルほどはっきりしない態度。

ニータンは『家族』全員に対してこのように過保護なのだ。上の2人の『男』があまりにもやんちゃ坊主なせいだろう。この子は『家族』を守れる『男』になろうとしている。

その心意気には敬意を表するよ。ただ、人には向き不向きというものがある、どうしても。

ニータンは外で駆け回るあの2人よりも圧倒的にインテリ系。どちらかというと、知識量を増やした方が『家族』の助けとなるだろう。

そのことをなんとか理解してもらいたいのだが。

「ニータン、それなら見てなよ」

「え？」

「俺の守り方を見せてあげる。ニータンには真似できないだろうけど、参考にはなるかもしれない」

「守り方……？」

口の端を吊り上げる。そこに気がつく辺り、ニータンは実に優秀で将来性があるな。

まあ、さすがに『爪』はギリギリまで出さないけど。

「じゃあ行くよ。もしもの時は頼むね、ファーラ」

「うん！　まかせて！」

本当に嬉しそうに頷くファーラ。

指先を少しだけナイフで切り、血を垂らす。木箱に染み込むエフェクトが、複数重なり合ってばちばちと黄色く小さな稲妻《いなづま》を発生させ始めた。これは、見たことない反応——！

「ファーラ！　止めて！」

「う、うん！」

ファーラが竜石を触ると、光は一瞬で消える。

恐る恐るファーラが手を退《の》けたあとも、光が発生することはない。まじまじと木箱の中身を覗いてみると思った通り、エフェクトがお互いを邪魔し合って焼ききれている。

これはダメだな。危うく木箱に引火して小火《ぼや》だった。

「お兄ちゃん、もしかして失敗？」

「うん、そうだな。けど、おかげで安全なやり方を思いついた」

「！　ほんと？　あ、あたし、役に立った？」

緊張の面持《おもも》ち。けど、俺としてはこの上ない成果を得られたんだ。

役に立ったかだって？

「すごく助かったよ。ありがとうファーラ。ファーラがいなければ気づけなかった」

「……っ！」

頭を撫でて褒めてやれば、瞳をキラキラ輝かせる。竜石道具が使えないのなら、それを逆に利用すればいいのだ。ファーラのその体質は確かにこの世界の実情を思えばとても生きづらい。

ラナの緑色の髪と目が『青竜アルセジオス』での普通だとしても、『緑竜セルジジオス』では吉色《きっしょく》となるのと同じように、ファーラにはファーラの適所がある。それを教えてやればいい。

「それにファーラは最近パンも作れるようになってきたんだろう？」

「う、うん！　お家の石窯《いしがま》ならあたしも使えるから、小麦パンの作り方をエラーナお姉ちゃんに聞いて作ってる。まだ、あんまり上手く作れないけど」

「そっか。じゃあ上手に作れたら俺にも食べさせてよね」

「うん！」

「じゃあ、お仕事手伝ってくれたお駄賃《だちん》」

「え？」

一応なかなかに危ない仕事を任せたので銀貨1枚を手渡した。それに驚いた顔をするファーラ。俺を見上げていかにも困惑していた。

「仕事を手伝ってくれたら報酬を払うのは当然だろ？　家畜のお世話や畑仕事は、生活の上で仕方ないけどさ。これは違う。これからお金になるかどうか、分からない開発物だ。それなりに危ない目にも遭《あ》わせたしね」

「……あ、あっ……」

言葉を発しようとして、しかし涙の方が先に出てしまったらしい。

袖《そで》でそれを拭いながら「あ、ありがとう」と消えそうな声で告げてきた。頭を撫でる。

ニータンは、目を見開いて泣いて喜ぶファーラを凝視《ぎょうし》していた。そのあと、テーブルの上に放置された石板に手を伸ばす。

「オレは、どんなことができる……？」

「手伝ってくれんの？」

「……うん」

「じゃあまず文字の読み書きを覚えな。俺もラナも経理の仕事はあまり得意じゃないから、ニータンがやってくれるとレグルスに足元見られなくて済む」

「！　うん！　分かった！」

方向性は分かってくれたみたいだな。

さて、俺も改めて設計図を描き直すか。今のでヒントは得られた。もう少しだけ、待っててね、ラナ。ああ、けど、君は俺に「早く作れ」と言ったことはなかったんだっけ。

徹夜すると怒るんだもん。

「さぁて、がんばりますか」

それが逆にやる気になる。

◆◇◆◇◆

クラナはとても働き者である。

朝は誰より早く起きて水を汲みに行き、子どもたちを起こし、ラナの手伝いで食事を作る。昼まで新しいパンを焼き、昼ご飯も作り、午後は少し勉強をしたあと内職でシュシュ作りを手伝い、夕飯のために水を汲む。夕飯を作り食べ終わったあとは家の掃除を始めて、子どもたちをお風呂に入れさらに寝かしつけたあとまた勉強をして眠る。

「働きすぎよね」

「そうだね」

「え？　なにがですか？」

夜、夕飯も終わり、子どもたちが寝たあとのリビング。

石板で文字の練習をするクラナもまた、『赤竜三島ヘルディオス』では満足に教育を受けられなかったそうだ。だから俺たちが「文字を教えようか？」と聞いた時とても喜んで、涙まで滲《にじ》ませた。計算をラナが教えてやるととても嬉しそうにどんどん吸収していく。

うちの勉強嫌いの弟たちにも見せてやりたい勉強家である。

しかし、だからといって家事育児をしながら勉強をするのは大変だ。

こんなに年若い美少女が、こんな辺境の森に囲まれた牧場で働き詰めというのもよくない。

なので、俺とラナは話し合ってクラナに1日休んでもらうことにした。

「や、休み？　そ、そんな！　いりません！」

そしてそれを提案した時の反応がこれである。完璧に困惑して、首を横に振った。

まあ、そう言うと思ったよ。ラナと顔を見合わせて、頷き合う。

「実はダージスの家族が『緑竜セルジジオス』に亡命してきたんだ」

「！　え、えーと、ダージスさん、の……家族……」

「そう。『青竜アルセジオス』の貴族だね。でも、亡命。この国に移住希望なんだって」

先日の一件――『竜の遠吠え』から始まった一連の事件で、アレファルドはなかなかの手腕を発揮したらしい。伝え聞いた話なのでどこまで本当なのかは分からないが、少なくとも3馬鹿は全員お咎《とが》めなし。かといってダージスの家にすべて押しつけたというわけでもなく、担当者が場所の記入を誤ったため、という理由になったらしい。

アレファルドは本来なら記入ミスをし、ずったんずったんに処分されるトカゲの尻尾を切らず『迅速な報告を心がけた故《ゆえ》のミス』として処分もしなかった。

さらに自分で現場に赴《おもむ》いて復興を指揮、資金繰り、村民が戻れるように通知の手配を徹底して、ダージスとダージスの家族に今回の功労を認めて労《ねぎら》う手紙や報償《ほうしょう》金まで出したそうだ。

……ああ、変わったんだな。ちゃんと、王らしく。

それを聞いた時は嬉しい気持ちもあったけど、ダージスの家族はその報償金をすべて『緑竜セルジジオス』に移住を希望したダガンの村人たち――カルンネさんたちの国民権破棄の手数料に充てた。

アレファルドはそれを俺の親父に頼んで了承してもらい、また、ダージスの家族は爵位の返上と『緑竜セルジジオス』への移住の希望を出したのだという。

アレファルドは、それも了承させたそうだ。

――俺で最後にしろ。

そう言ったが、すでに致命的なほど末端貴族の心は王家から、次期王となるアレファルドから離れていた。俺が考えている以上の事態が起きたと言ってもいい。

なにしろ、貴族が地位を捨ててでも国から逃げたいと言い出したのだ。

アレファルドはその結果を受け止めた。それは立派だと思う。

だが一度認めてしまえば、有能な貴族が一族ごと国を出る事態はこの後も起きる。それを承知の上でダージスの家を見逃したのだとしたら、これからなにか、貴族たちの心を取り戻す策でもあるのだろうか。

少なくとも俺の家――『ベイリー家』が真に仕えるのは青竜の方だ。

アレファルドが最終的に頼るのは俺の親父になってしまうだろう。

ルースも力はつけてきているし、クールガンもあと数年もすればアレファルドの片腕に……はさすがに若干足りないだろうが『影』として最低限使えるようになる。

その数年が踏ん張りどころ、盛り返しどころになるだろうな。さて、そんな感じで話を戻す。

「ダージスの家族が来るのはもう少し先になりそうなんですって。家の売却手続きとか色々あるからだと思うわ。で、やっぱりちょっとかなり……結構落ち込んでたのよ。故郷にもう帰れない気持ちは、私も分かるから……なんか放っておくのもちょっとね、って」

そして、故郷に帰れないのはクラナも同じだ。目を見開いたあと、無言で俯いてしまった。

『赤竜三島ヘルディオス』は弱い者に容赦《ようしゃ》がない。クラナは帰りたいと思わない、と言っていたが、だから故郷が嫌いと言われるとそうでもないはずだ。

不思議なもので、故郷とは場所。その場所で過ごした記憶は一生残る。

帰りたいと思わなくても、懐かしくはなってしまうのだ。

「別にクラナがダージスと結婚する必要はないけど、今後大変になると思うし、あいつと一緒に息抜きって感じで、ね？　町でゆっくりしてきたらどうかしら？　私、３日後に小麦パン屋のオープンだから明日最終チェックで町に行くし、なにかあれば来てくれていいわよ」

「オ、オープン日、そうですよ！　わたしも働かせてください！」

「……話聞いてた？」

これは重症な気がする。おかげでラナの顔がどんどん怖くなっていくぞ。

ラナは前世で『しゃちく』と呼ばれる仕事以外の機能を奪われた仕事の奴隷《どれい》に洗脳されて、最後は死ぬことにさえ躊躇がなくなっていた。

クラナは、その気配があるのだという。だからラナは真剣にクラナを説得する。

このままではクラナが前世の自分のようになってしまう。

ラナの心配もクラナはどこ吹く風。

小麦パン屋がオープンするのを手伝いたいのだと言って聞かなくなってしまった。

「ダーーーメ！　クラナ！　働かせるのは別に構わないけど休み方を覚えてからよ！」

「や、休み方？　い、いえ、けれど……！」

「休み方が分からない人間に労働する権利はないわ！」

「そ、そんな！」

会話がなんかものすごい。

まあ、そんなわけでラナの小麦パン屋がいよいよ開店するのだが、その前に『狩猟祭』があるんだよね。

9月30日、午前4時。俺たちはシュシュと共に、『エクシの町』の東側に集まった。

そう、『狩猟祭』本番の日である。

……集合時間早すぎじゃない？　まあいいけど、クラナは今日、強制的にお休み。

ラナも『エクシの町』に来る。クラナがきちんと休み方を覚えればいいんだけど。

「あれ？　ダージスとカルンネさんじゃん。２人も『狩猟祭』に参加するの？」

ダージスはともかくカルンネさんは猟銃の使い方とか大丈夫なのかな？

……いや、ダメじゃない？　なんですでにケースから出してるの？　狩猟範囲の説明がこれから始まるんだよ？　早い早い出すの早い。

「お、おう、ユーフラン！　いや、こういう男らしいイベントに参加すればクラナさんに認めてもらえるかもしれないと思ってな。あと、金一封と聞いて！」

ああ、なるほど。

でもお前、俺とラナがわざわざクラナを休みにした日に限ってこういうイベントに参加してるってどういうこと。いや事前にクラナを今日休みにするとこいつには伝えてないけど。

でもそこまでしてやる義理もないし？　別にお前とクラナの仲を進展させようとか思わないし。むしろクラナにはちゃんとした男を選んで幸せになってもらいたいと思うし。

別にお前のことを徹底的底辺レベルのダメ男だとは思わないけどさ。

『ダガン村』の人たちをとにかく安全な場所に、ってうちに連れてきた辺り、判断としては悪くないと思うし。伝手《つて》が俺しかなかったんだろうってのは分かるから。

でも、だからといってクラナと──……まあいいや、その辺りは2人の事情だもんね。

心意気自体は立派だと思うよ、多分。

「カルンネはメリンナ先生への『つまみ』だそうだ」

「ははははい！　狩猟はやったことないんですがメリンナ先生が『酒のつまみにボア肉の燻製《くんせい》が食べたい』と言っていたので！」

「2人ともその銃どうしたの？　まさか買ったの？」

「貸してもらったんだ、ハーサスさんに」

「はい。自分はダージス様と違って銃は初めてですが、有料で借りられました。この銃は初心者でも簡単に扱えるって薦《すす》められまして」

頭を抱えた。ハーサスさんが親指立て笑顔で「銃はいいぞ！」って言ってる姿が目に浮かぶ。

だとしてもカルンネさんみたいな人には銃を持たせてはいけない。

「カルンネさんは悪いこと言わないから弓にした方がいいよ。なんか絶対人を殺しそう」

「ひっ！　………。ゆ、弓も借りられるんですか？」

「いや、その前に弓は使えるの？」

「つ、使ったことはありません」

「参加をやめろ」

というわけでカルンネさんに参加を諦めさせ、ダージスに「そういえば今日クラナが町を散策するって言ってたんだよね」と告げる。

金一封――俺も欲しいのでライバルはどんな手を使っても蹴落《けお》とす。

ラナへの誕生日プレゼントを買うのにお金は1枚でも多い方がいい。しかし、金一封が欲しいのはダージスも同じだったのか、散々悩んだ挙句《あげく》に「参加するっ」と宣言した。チッ。

「さーて、それじゃあそろそろ始めるぞ。さて、今回が2回目の開催なわけだが～」

挨拶し始めたのはクーロウさん。『狩猟祭』は各々《おのおの》エリア分けされ、そこで大物を争う個人戦。

ただし、仲間に流れ弾が当たらないように単体行動は厳禁。当たり前だけど残念だ。

参加者はたったの10人。エリアが広いので2人1組で各エリアの『掃除』を行う。

冬に向けて『獲物』はいくらいてもいい。それこそ、獲り尽くすくらいで挑んでもらいたい、とのことだ。この人数とあのエリアの広さを思うとそのぐらいの気概でないとダメだろう。

時間制限は夕方の5時まで。理由は陽が落ちるのがそのくらいだからだ。

陽が落ちてからウロウロするのは誤射の危険も跳ね上がって危険。

それに、あまり血の匂いを振りまくと夜行性の猛獣が出る可能性もある。

「ああ、それから例のクローベアだが、まだ見つかっていない。家畜の被害報告は止まっているから、おそらくこの辺の森の中にいるんだろう。鉛玉《なまりだま》を2発食らってるはずだから、それなりに弱っているとは思うが、油断は禁物だ。見つけたら速やかに隣のエリアの参加者と合流して、人数を増やして対処してくれ。可能なら俺にも一報入れてくれれば増援を呼んでくる。絶対に2人だけでは対処するな。なにしろ5メートル級の大物だからな。目が眩《くら》んで独り占めしようなんて、絶対考えるんじゃねえぞ！」

みんな頷く。クローベアの中でも大型だからね、5メートルは。

全長が人間3人分ぐらいだもん、どんな生態だよ、マジモンスター。

まあ最悪『爪』を使えば——あ、いや、無理かな？　国境から離れすぎてる。

じゃあ素直に周りと協力して撃退しよう。まあ、遭遇したらの話だけど。

「ク、クローベアかぁ」

「『青竜アルセジオス』に毛皮が売れるな」

「お前楽観的すぎない!?」

そう？　普通じゃね？

「では今隣にいる奴とコンビを組んで頑張ってくれ。エリアは……」

「「え？」」

クーロウさんがサラッととんでもないことを言っていったような？　は？　隣にいる奴とコンビ？　待って待って、俺の隣にはダージスしかいない。マジ？

「お、俺の相棒お前かよ……いや、まだ知ってる奴と一緒の方が安心……」

「…………」

「無視して行くなよぉ～～～！」

面倒くさいことになったなぁ。

まあ、お昼にはラナのパン屋さんに行くので我慢しよう。

明日開店だから忙しいと思うけど、朝出かける時に「お昼は町に戻ってくるんでしょう？じゃあ私のお店でお昼ご飯食べなさいよ」と寝ぼけ眼を擦《こす》りながら言ってくれたのだ。

朝早くて、多分あのあとまた一眠りするんだろうけど。

それでもわざわざ一度起きて見送ってくれた。

すごい、純粋に嬉しい。嬉しかった、すごく！　あと、寝起きのラナの可愛さが半端なかった。すごい可愛かった。頭撫で撫でしたかった！

いや、まあ、できるならギュッと抱き締めて……い、いや、多分そんなことしたら心臓が破裂する、死ぬ、無理、本当死ぬ、命日になる。

「キャン！」

「あ、ああ、そうだな。行こう」

シュシュに促《うなが》されて指定されたエリアに向かう。

ふと思ったんだけど、俺の相方シュシュでよくない？

今日の『狩猟祭』が終わったら、順次明日1日で狩った獲物を解体するべく血抜きを行う。

血もブラッドソーセージにするため、捨てることはない。

あれ、味がクセ強くて苦手なのだが……酒場では定番メニューなんだそうだ。

ルーシィには獲物を載せる荷馬車を運んでもらい、指定されたエリアへと移動する。

「いいなぁ、馬」

「お前も持ってるんじゃないの？」

仮にも貴族が突然の愚痴《ぐち》。

荷馬車に乗ったダージスは「うちは馬なんて買う金なかったよ」と唇を尖らす。

んー、確かにダージスの家はあまり裕福ではない。うちもそこまでではないが、親戚に竜馬の牧場主がいるので比較的安く売ってもらえるんだそうだ。ただし、1人1頭だけだけど。

「けど、いつか自分で馬を買えるようになる」

お？　振り返ると、真剣な顔のダージス。

「そんで、クラナさんと2人乗りして草原を駆けるんだ」

2人乗り？　考えたこともなかった。2人乗りとなると大きめの鞍《くら》が必要なんじゃないの？

「馬の速さに驚いたクラナさんが後ろから『怖い』って抱きついてきて……へ、へへへへへ」

顔のキモさは置いておくとして、ラナを後ろに乗せる。

はっ、まさか後ろから抱きつくって、む、胸が当たるって意味⁉

普段なら最低だなこいつ、って思うけど、正面見なくて済むんなら死ぬこともないかもしれないな。それに、2人乗りとかものすごく恋人っぽい！　ラナに聞いてみようかな？

「いや、前に抱えるように乗せて走るのも、彼女の顔が見えるし話しやすいだろうから、それもなかなか……悩むな」

腕の中に抱えるようにってこと？　は？　死ぬでしょ。

ダージスすげぇな。そんな高難易度なことができんの？　でも、そんな風に2人でルーシィに乗って早駆けしたあと、お弁当を食べてのんびりするのは確かにいいなぁ。

これからの『緑竜セルジジオス』や『黒竜ブラクジリオス』はあまり雪が降らないし積もらないらしいけど、冬寒いのは変わらない。

行くとしたら春先だろうか？　その頃には養護施設もできている、かな。

いいなぁ、いつか、もう少し恋人っぽくなれたら行ってみたい。

「そんで草原の真ん中辺りで彼女の手作り弁当を2人で食べるんだよ。あーん、とか、してもらっちゃったりなんかして」

「あ、あーん……!?」

「そうそう！　男の憧《あこが》れだよな〜。彼女に『あーん』って食べさせてもらうの」

あ、あーんって本当にしてくれる人いるのか!?　いたな！　されたな！　おむすびの時に！

今考えるとアレって伝説級のやつじゃん！　男の永遠の憧れじゃん!?

周りから見たらただのアホ――いや、だが草原のド真ん中で、周囲に誰もいないなら……あり、なの、か？

「そんで、結婚したらハネムーンにどこへ行きたいか、とかを話し合うんだ」

「！」

ハ――ハネムーン！　これっぽっちも考えたことなかった！

そ、そうか、普通貴族なら夫婦になってすぐハネムーンに行くんだな。

平民には一般的な風習ではないようだけど、貴族のご令嬢たちにとってハネムーンは一生に一度の旅行だと言われている。

リファナ嬢のように遊学を理由にアレファルドにあちこち連れ歩かれるのは、貴族令嬢でも一生味わうことのできない贅沢三昧《ざんまい》ということ。

なお、貴族令嬢の行ってみたいハネムーン先ランキング1位は『紫竜ディバルディオス』。第2位が『緑竜セルジジオス』。第3位は『黄竜メシレジンス』。

お金が一番かかる上、不人気なのは『赤竜三島ヘルディオス』である。

正直生活基盤を整えることばかりで、ハネムーンなんて本当に考えていなかった。

そうか、言われてみればその通りだ。なんで気づかなかったんだろう？　ラナも貴族令嬢だったんだから行ってみたいに決まってるよな。でも、これはちゃんと相談しないと。

ラナが行きたい国を確認して、そこに行くまでのルートや路銀を考える。

一応他国には無知ではないから、各王都までの道のりは知っている。

案内するほど詳しくはないが、行ってのんびりできるように手を回すのは難しくない。

ただ『黄竜メシレジンス』には行きたくないな。


「…………」


うん！　忘れよう！　思い出してもいいことはない！

「まあ、こんな状況の俺じゃあせいぜい『黒竜ブラクジリオス』ぐらいだけど」

「『黒竜ブラクジリオス』に旅行、かぁ」

そうだな、そういえばトワ様も遊びに来る度に「ユー、こんどはブラクジリオスにきて！いっしょにあそぼー」と言う。

可愛い。ではなく、『黒竜ブラクジリオス』なら子どもたちも気兼ねなく過ごせるだろう……全員連れて旅行もありだな。ハネムーンはラナとしっかり話し合って計画を立てるべき。まあ少なくとも今年中の実現は無理だ。

「あとは、腕を組んだり手を繋いだり」

「手……」

「きっと柔らかいんだろうなぁ」

このキモい顔はともかく手を繋ぐ、か。

手の甲が当たっただけで跳ね上がってしまったから、今の俺には難易度がかなり高いと思っていたんだけど、確かにそれも恋人らしいことの1つか。

なるほど！　手を繋いで、そこから腕を組む！　……い、いや、む、む、無理じゃね？　て、手を？　ラナの？　手を？　さ、さ、さ、触る？　え、そ、それはし、死ぬんじゃないか？

「そういえば、お前はエラーナ嬢とどこまで進んでるんだ？」

「着いたぞ」

「無視するなよぉ～～～！」

どこまでもなにもお前の妄想《もうそう》の中のなに1つ達成していないよ。

けれど、なかなか参考になりそうだ、ダージスの妄想！

クラナを預けるのは不安しかないが、参考資料媒体としては優秀だ。

でもこう、いまいちラナが喜びそうな内容に偏《かたよ》りがあったんだよなぁ。……あ、そうだ。

「大体お前とクラナじゃ会話も難しいんじゃないか？」

俺に最も足りていない、と思う。女子との会話！　なに話していいのか分からない。

生活のこととか、仕事のことはともかく、普通女の子となにを話すものなんだろう。

「そ、そうかなぁ？　そ、そうかも？　クラナさんは『赤竜三島ヘルディオス』出身の平民
……俺は『青竜アルセジオス』の貴族……ああ、なんて悲劇的な身分の差！」

今はあってないようなもんだろうし、国も身分も破棄予定だろう。なにが悲劇的なんだ。

動きもうざいし、置いていきたい。

「でも、女子との会話は『とにかく褒める！』で解決だろう？」

「褒める？」

「そうそう、これはどの国も年齢も関係ない。女子共通の、コツだろ？」

褒める——それが女子との会話のコツ。そうなのか。確かにラナは褒めるところしかない。

それを伝えてやればいいってこと？　ふむ、なるほど。今度試してみよう。

「！」

「ヒン……」

「え？　どうかし——」

「シッ」

ダージスを黙らせる。エリアに指定された森の手前に、とんでもないものがいるのだ。

ちょっと、これは聞いてませんけど。

「え⁉　な、なんだ、あれ！」

「ハイグレードボア。カテゴリは猛獣。全長3メートル、幅2メートル、体重500キロ、時速60キロ。雑食で時に肉食獣や人間も襲って食う。これが基本個体スペックね」

「っ……⁉」

「牙含め骨密度が異常に高く、突進してくるハイグレードボアから逃げるのはほぼ不可能。でも、数が少なく肉は霜降《しもふ》りでボア種の中ではクセもなく非常に美味。1頭金貨3枚で取り引きされる。皮だけでも『青竜アルセジオス』では金貨1枚は堅い」

「金っ！」

「そう、動く金一封だよ」

そして当然だが俺たちのこの装備でアレを倒すのは無理だ。つーか、隣のエリアに応援を呼びに行かねばならんレベルの獲物。こちらに気づいた様子はまだない。

「！」

ハイグレードボアの後ろに5匹ほどハイグレードウリボアがいるな。ウリボアなのにサイズが普通のボアサイズってマジ恐怖。あれが全部大きくなられると町も危ない。

今日、狩る必要がある。ブーツの裏の小型竜石は『緑竜セルジジオス』のものに替えてあるし、やれなくもないけど。

「で、あ、あれ、俺たちだけで狩れるのか？」

「無理だね。隣のエリアに応援を呼びに行ってくれる？」

「お、俺が？」

「当たり前だろう。言っておくけどルーシィは俺以外乗せないから徒歩な。シュシュは連れていい。シュシュの鼻なら俺が移動しても見つけられる。それとも、お前が見張り役やる？」

「む、無理無理無理無理無理っ！」

いつ襲われるか分からない危険な役だ。まあ、ダージスならそう言うと思ったしその方がい。俺ならある程度は応戦できる。ルーシィもいるから最悪逃げればいいし。

「わ、分かった。気をつけろよ」

「そっちもね」

隣のエリアで流れ弾を食らうなよ、という意味で。

まあ、シュシュが上手い具合に誘導してくれるだろう。大きな耳をピクピクさせ、舌を出して見上げてくる小型犬の頭を撫でる。フワフワの毛並みを自慢するかのような「もっと撫でてもいいのよ」顔。かわいい。

そんなこと言われたら場所も状況も弁《わきま》えず撫で回したくなるじゃん。

「ダージスを頼むよ、シュシュ」

賢い。獲物——ハイグレードボアが側にいるから、声も出さずにダージスを誘導すべく隣エリア側へと駆け出す。

さて、あの2人が帰ってくるまでもう少し距離を保ったまま見張るとするか。

とりあえずルーシィをすぐ走らせられるよう、荷馬車は外しておいて、と。

問題は5匹のハイグレードウリボアだな。サイズが通常のボアサイズとはいえ、親と一緒に突進されたらとても迷惑。あのサイズになるまで5年はかかると言われているが、親の方はここからでも普通のハイグレードボアよりデカいような？　もう少し国境沿いなら『竜の爪』が使えるんだけど。集中して顕現《けんげん》できないか試してみる。うん、ダメだ。ちっとも気配がない。

ルーシィも『無理に決まってるだろ』って目で見下ろしてるくらいダメ。

そんな顔しなくてもいいじゃーん。隣のエリアから応援が来るまで見張るだけで暇だな。

あ、そうだ。さっきダージスから聞いた『女子を褒める』を、色々考えてみよう。

褒める――褒めると言ってもね。

ラナの褒めるところはたくさんあるし、その都度褒めればいいってこと、なのかな？

お礼は毎日言うようにしてるけど、プラス褒め？　そうか！　プラス褒めだ！　お礼を言う時に褒めればいいんだ！　それなら不自然じゃない！

ダージスもたまには役に立つ。これでラナの好感度もちょっとくらい上がるかな。

「…………」

い、いや、そもそもラナの俺への好感度ってどの程度なんだろう？

こここ恋人になっていい、って言ってくれたからそこまで低いわけではないようだけど、恋人っぽいことは今のところ全然してない。というか恋人っぽいことってなんだろう。

「！」

さっきダージスが言ってたじゃないか！　手を繋いだり腕を組んだり「あーん」をしたり馬で遠乗り散歩をする！

あ――「あーん」はもうやってもらったことがあるな。味覚えてないけど！

2人乗りや遠乗りは難易度が高い。では、初級っぽい手を繋ぐ、のはどうだろう。

い、い、いきなりは俺の心臓が驚くから、覚悟を決めて、ラナに了承を取って……う、うん。

しかし、タイミングは？　子どもたちの前では当然無理だろう？　食事を作る時、とか？

いや、邪魔でしょ……繋いで料理なんて聞いたことがない。

ん、んん？　本当にいつ繋げばいいんだ？　普通の恋人っていつ手を繋いだりするんだろう？

お茶会？　でも、それは貴族の時の話だし、んんんーーーー……ん？

「あれは、ユガの実か」

加工すると、とても香りのいい食虫植物の実。へえ、この辺りたくさんあるんだな。栽培して石鹸やハンドクリームに混ぜたら、ラナ喜ぶかな？

「……！」

「！」

ゴッ、と後頭部を小突かれる。

ああ、ハイグレードボアが移動するんだな。余所見《よそみ》してるんじゃない、と。そうだな、ありがとう、さすがルーシィ、本当優秀な相棒だよお前。

とはいえハイグレードボアに気づかれていたとしても、一定以上の距離を保てば襲ってはこないはず。まあ、子育て中だから多めの距離は取るけどね。

幸いあのハイグレードボアは平均サイズよりデカめだ。この距離でも見失うことはない。

「ん？」

なんだ？　気のせいじゃなければ地面が揺れてるな？　それにふご、ふご、と、ここまで聞こえる大きな鼻息。どうしたんだろう、なんか興奮し始め——。

「コォケエエェェエエ！」

「ブゥヒイイィ！」

っ……さ、最悪かよ。ハイグレードボアに突進していくのはラックだ。

ラック——食肉用に品種改良された牛のように大きくて、豚のように丸々として、鳥のように鳴き、猪《いのしし》のように強い生き物。主食は草木の葉。いわゆる草食動物である。

畜産農家などから逃げ、野生化すると基本群れで行動し、縄張りに入ると集団で襲ってくる。

それが——。

「コケェ！」

「コケエエェェエ！」

「ココェ！」

「ケエエェッ！」

森の反対側から砂埃を巻き上げ、地面を揺らしながら、鳴き声を上げながら走り始めたラックの群れ。その数、目算だが50頭近い。いや、奥からまだ走ってくる。

前の方のラックが走り始めたので、後ろのも興奮して走り出したのだろう。

え、ちょ、こ、これはやばくない？　あの数じゃ、こっちまで来るんじゃない？

「ブフオォ！」

しかし体格ならばハイグレードボアの方が圧倒的に上だ。

特に子育て期間中で気が立っている親ボアは、ウリボアに逃げるよう指示を出したあと颯爽《さっそう》とラックの群れへ突っ込んでいく。お得意の突進だ。

ラックもかなりの巨体だが、ハイグレードボアの突進で5、6頭が宙を舞う。いや、こんな化け物大戦争が牧場の近所で行われていると思うとなかなかに生きた心地がしないんですけど。

「まあ、これはこれで好都合、かな」

なにしろウリボアが走ってきたのは俺のいる方なのだ。

銃を構える。ボアサイズのハイグレードウリボア程度なら、猟銃で十分。

5発の銃声はラックの突進音で親ボアの耳には届かないだろう。そして、親ボアもあの数のラックに「出てけ」されたら無傷では済まない。吹っ飛ばされているラックも無傷ではないだろう。中には落ちた時骨折して動けなくなっているのもいる。

ちょっと危ないけど、このチャンスは逃すわけにはいかないいな。

舌で唇を濡らしてからブーツの底を少しいじる。爪先に出る太い針状の刃物。

草に隠れながら、あの化け物大戦争の方に近づいて――。

「！」

今だ。

親ボアに突進するラックの背中に乗せてもらい、一気に距離を詰め、親ボアが凶悪な牙でラックを一斉に宙へ放り投げた瞬間、その針を親ボアの目玉目がけて突き刺した。

まあ、簡単に言えば蹴り入れただけなんだけど。なかなかの太さである針状の刃物も、その勢いで根本から折れてしまうが……まあ、想定内だし、これで仕込みは終わり。

「ブフオオォゥオウウゥ！」

着地はしたが勢いがすごくて後ろに1メートルほど滑ってしまった。

たまたま転がっていたラックに受け止めてもらって、この程度で済んだ、が正しいかな？

目玉を潰されて怒り狂う親ボア。体の前後を飛び跳ねさせ、ラックも近づけない勢いで地団駄を踏む。背中から大型ナイフを取り出す。

さて、自分からわざわざあんなに動いてくれるなんて、これはもう1個使う必要ないかな？

「ぶ、ひ、ぉうふ、……ブォ、ウウゥ」

あまりの半狂乱っぷりにラックたちが引いてる。

顔を見合わせたあと、冷静になったのか無事なラックたちは来た方向に帰っていく。

ふむ、とはいえかなりの数の群れだ。クーロウさんからは『狩り尽くすつもりで挑め』とは言われたけど――。

どぅん……。


ハイグレードボアがびくびく痙攣《けいれん》しながら地面に横たわる。

うん、あとは解体だけだな。人手が欲しいからこのまま待ってた方がいい。

「ルーシィ」

「ヒン！」

ラックはおそらく元々家畜が逃げて繁殖したんだろう。

ラックは肉もさることながらラック乳も牛乳のようにクセがなくて人が好む味だ。

このまま逃すよりルーシィに説得させて家畜に戻ってもらう方がいい。うちにも2頭くらい欲しいいし。ルーシィは竜馬の血を引いてるから、他の動物は割と言うこと聞いてくれるはず。

さっきのような興奮状態の時はダメだけど。

「フーッ……フーッ……」

「ああ、今楽にしてあげるね」

本当は5メートル級のクローベア用に仕込んでおいた麻痺毒《まひどく》だから、ちょっと効きすぎたんだろう。ハイグレードボアをこの短時間で痺《しび》れさせてしまう量だが、即効性なので効果が切れるのも早い。というわけでとどめは今のうちに刺しておかないと。

「子どもたちのところへお逝《い》き」

◆◇◆◇◆

「お、おい、マジかよ」

「ラックの群れじゃあないか！」

「今年はラックを狩る年じゃないだろう？」

「それに生きてるぞ！　大人しくついてくるなんて……一体どうなってるんだ？」

『エクシの町』に人がざわざわ集まってくる。

『狩猟祭』参加者は昼休憩。

午前中に狩った獲物は、町の人たちが明日の『肉加工祭』で使うために血抜きや解体をしてくれるので任せる。ラックたちはワズの家の放牧場に一度預け、健康診断ののちうちに2頭、質のいいのをもらいあとは欲しい家に販売する予定。

「ひっ！」

「お、おいおいおいおい！　マジか！」

そして、ラックの群れが家畜屋の方へ送られたあとに馬車5台を繋げ、馬8頭が引いて運んできたのはハイグレードボアとそれにやられたラックだ。

倒れてしまったラックは、まだ息があったものにとどめを刺したのを含めて、18頭にもなる。

また、ハイグレードボアの子ども——ハイグレードウリボアも5頭。お馬さん頑張って。

「こ、こいつぁ大物だ！」

「久方ぶりに見たのう」

「今年の冬はお腹いっぱいで過ごせそうねぇ！」

「やるじゃねぇか！　午前中だけでこの成果とは！」

「すげぇ！　誰が見つけたんだ⁉」

おお、町の人に大人気だな。まあ、確かにハイグレードボアは肉が美味《うま》い。

明日と、そして月末の『収穫祭』はこいつの肉だけで賄《まかな》えそうだし。

広場まで馬車が進むと、それはもうたくさんの人が見学に来る。

ハーサスさんに至っては謎のドヤ顔。なんであんなに満足そうなのか。

言っておくけど銃はウリボアにしか使ってないよ。午後はもっと使うかもしれないけど。

「フラン！」

「ラナ、お店は？」

「今一段落ついたところ！　それに、猟友会の人がすごいの狩ってきたって町の端っこまで聞こえてきたわよ。まさかとは思うけど、フランが狩ってきたの？」

「ラックはルーシィが説得して連れてきただけかな？」

俺はノータッチですよ。と、いうと「はあ？」という顔をされる。

いやいや、本当に俺はルーシィに促しただけです。

「じゃあ、あのでっかい猪は……いや、あれ猪？」

「いのしし？　いや、ハイグレードボアっていう種類のボア。ボアの中では最大の種類。たま、たま麻痺毒持ってたから――一服盛った」

「はい？」

ラナは時々ボアのことを「いのしし」と呼ぶけれど、ラナの前世の世界ではボアのことをいのししと呼んでたのかな？　不思議な響きだけど、ボアに合ってる。……ような気がする。

「いや、本当はクローベアが出た時に対処できるように仕込んでたんだけどね」

「ひえ……じゃあ、あれ本当にフランが狩ったの⁉」

「まあ、あのぐらいなら」

難しくはない。言っておくけどハイグレードボアやクローベアよりうちの親父の方が絶対に怖いし、ヤバい！　うちの親父に比べれば、野生動物なんて、ねぇ？

「わあ、本当に大きいです！」

「あれ、クラナ？　どうしてラナの店のエプロンしてるの？」

人垣をかき分け、駆け寄ってきたのは薄い緑色のエプロンを着たクラナだ。

ラナの店のエプロンは、全体的に丸いデザイン。

そういえば、ラナが小麦パン屋の名前は『えん』……それは『丸い』という意味もあるとか言ってたな。ただの言葉遊び、とかよく分からないことは言ってたけど。

うん、可愛い。ラナにもクラナにも、とてもよく似合ってると思う。

「まんまと手伝われたのよ！」

「まんまと」

「ダメだわ、この子早くなんとかしないと！　社畜根性が形成され始めている！」

「しゃちく根性」

確かになぜかクラナがドヤ顔している。いや、待て。クラナがいるということは……。

「クラナさーん！」

「うっ！」

ドヤ顔していたクラナがダージスの登場に表情を歪《ゆが》める。嫌われてるなぁ、ダージス。そのしつこさがよくないと思うぞ。いや、４年もこっそり想っていた俺も大概《たいがい》しつこいか。

「よう、嬢ちゃんもいたのか」

「クーロウさん！　なんか、うちのフランがすみません」

「どういう意味なの」

う、うちの……⁉　ラナにそんな風に言われるなんてなんか、すごい夫婦っぽい！

いや、夫婦だけど……じゃ、なくてなにがすみません⁉

「ああ、いや、構わん。むしろ町に被害が出る前に狩れて良かった。お手柄だぞ」

「！」

おお、クーロウさんに褒められた。そういえば戻ってくる途中で「初開催だが『狩猟祭』は成功だなっ」って興奮気味に言ってたもんなぁ。

あの厳しい顔のおっさんがウキウキしてるのはちょっとシュール。

「ほんとほんと！　応援を連れて戻ってみるとラックはたくさん倒れてるし、ハイグレードボアの側にユーフランが立ってて生きた心地がしなかったぜ！」

そうか、普通はそうか。すまん、ダージス、それもそうだった。脅かしたのは俺だったな。

「アラァ！　けどハイグレードボアを狩ってくるなんてすごいじゃなぁイ！」

「レグルスも野次馬しに来たの？　ハイグレードボア……まあ、名前からしてすごそうだけど」

「そうヨォ〜、エラーナちゃン。ボア種の中では最大級で最高級！　皮も金貨1枚はするもノォ。でもこれは血の量も少ないし大きな傷もないから、銀貨30は上乗せできるわよォ」

「金貨1枚と、銀貨30枚も!?」

マジか。でもレグルスならそのくらいで捌《さば》けそう。

『青竜アルセジオス』に持っていけばもう少し上乗せできるかもしれないな。

「その上肉は極上だ！　内臓も余さず使えるし、こいつ1頭で『収穫祭』は間に合うだろう。つーわけで肉は買い取らせてもらうぞ、ユーフラン！　金貨4枚銀貨10枚を用意する！」

「そそそそんなにぃ!?」

「金一封……まあ、祭りの優勝賞金だな。あとは普通に討伐《とうばつ》報償金と買取価格が金貨3枚。普通、こんなデカブツ1人で狩れるもんじゃねぇから数人で山分けするもんだ」

「え？　でもまだ午前中だよ？　優勝賞金って……」

「こ、これ以上の大物なんか出るわけねーだろう。ハイグレードウリボアやラックまでついてんだぞ」

うんうん、と猟友会の皆さんが深々と頷く。

んー？　ラックをやったのはハイグレードボア。親ボアなので俺はなんにもしてないんだけどなぁ、マジで。群れの方はルーシィが説得して連れてきたんだし。

「それに、これからラックの群れを狩る必要がなくなったしな！」

と雑貨屋の息子さん、猟友会の１人が言う。

ラックの群れはこれまでも定期的に狩っていたらしい。

なお、１０００頭ぐらいまでは許容範囲内。それ以上の群れになると討伐対象になるらしい。

せ、１０００頭って、それを許容できる『緑竜セルジジオス』の自然力マジパネェ……。

「そうだな、それが一番デカい。野生化したラックは繁殖に抑制がないからすーぐ増えちまう」

１０００頭になるのってなかなかにとんでもないと思うんですが。

いやー、ほんと『緑竜セルジジオス』は食に困らない国だなぁ！

「生きたラックがこれだけいれば『黒竜ブラクジリオス』に出荷できるワ。『青竜アルセジオス』も今年の『竜の遠吠え』で被害が大きかったようだし、ラックが普段より多く出荷されれば喜ぶでしょうネ。フフフ」

あ、これはふっかける気だな？

交易担当はニックスの家だったはず。

ん、んん、レグルス、ニックスのあの容姿にやられたりしないだろうか？

あいつ無駄に美少年なんだけど。まあ、ニックスが出てくるわけじゃないから大丈夫か。

なんか余計な心配しちゃったよ。

「ってことはフランが優勝!? すごいわ、フラン！ やっぱりフランはすごいのよ！ オーッホッホッホッホッホッ！」

「な、なんでエラーナ嬢が胸張って自慢してるんだ？」

「そんなのフランは私の――あ、えーと……だ、だ、だだ、旦那様だからよ……」

「……っ」

声はどんどん小さくなるし、顔は赤くなるし、顔は俯いてしまう。

けれど、ちゃんと聞き取れた。その場の誰もが、聞こえたのだろう。

レグルスが「あんらァ〜〜〜」と頬に手を当てて嬉しそうに目を輝かせる。

俺も見ていられなくて顔を手で覆い、背《そむ》けた。いや、無理でしょ。直視したら目が潰れるでしょ。こんなの反則。

「ユーフランって、そんな顔するんだな？」

などと驚いた顔をしたのはダージスだ。

は？ どういう意味だ。睨むと慌てて首と手を左右に振る。

「いや！ だってお前！ 『青竜アルセジオス』にいた頃はいつもニヤニヤ笑ってて、なんか怪しかったから！」

「そういやぁこの国に来たばかりの頃も、チャラチャラニヤニヤいけ好かねぇ感じだったなぁ」

「そういえばそうネェ。今は割と感情が分かりやすくなったワ」

「………。そう？」

『青竜アルセジオス』を出たばかりの頃は、ラナに言わせると俺の『貴族モード』が抜けてなかった、らしいけど。他の人にもそうだっただろうか？　全然記憶にない。

「フランは意外と人見知りなんです。慣れてない人の前だとチャラくなっちゃうみたいで」

「え、ええ……？」

俺人見知りなの？　ラナさん、そのフォローなかなか苦しくない？

「「「ああ～～～」」」

どうしてみんな納得するの？

「じゃあだいぶこの町にも慣れたっつーことか！」

「アラ、ユーフランちゃんに慣れたのはクーロウさんだって同じじゃないのかしラ？」

「そ、そ、そそそそんなことねぇやい！」

「フフフ。まあ、ユーフランちゃんをそれだけ慣れさせたのはエラーナちゃんの功績も大きいと思うわヨ。２人とも、これからも頼りにしてるわネェ？」

「え、あ……そ、そうかしら？」

ちらりと見上げられる。ルーシィにも、俺が人間らしくなった、いい方向に変わってる、みたいなことを最近よく言われるけれど。

「まあ、俺が本当にそう変わってるならラナのおかげだと思うよ」

「……っう〜〜〜〜!?」

そう言ったら、ラナの顔がトマトのように——……。

「わわわわわたくしお店に戻って参りますのですわ！　まままみゃだやることがやみゃのようにありましたのおおぉ！」

「噛み噛み!?」

あと言葉がところどころおかしい。でも全力疾走で人垣を突破していったので追うに追えない。

「ラナ、最近ますます元気そう」

「アラ、これはもしや別な問題が生まれてるのかしラ？」

「え？　なにが？」

ちなみに午後もたくさん狩った。

狩りすぎて祭り以降の猟友会の狩りの予定も消し飛んだらしい。

3章　祭りの日々

『狩猟祭』の翌日は狩った獲物の加工を行う。それが『肉加工祭』。

　狩りも肉の加工も実はこれからの時期ほぼ毎日行われるのだが、わいわいみんなが集まって祭りとして行われるのは今日だけなんだそうだ。

　また、今日からは大市《おおいち》も始まる。大通りを埋め尽くす出店《でみせ》。見かけない品々。いまだかつて見たこともないほどの熱気と活気。

「わあ～」

「すげー！　なあなあ、本当に今日はなんでも買ってくれるのか!?」

「なんでもは買わないわよ、シータル。冬支度《ふゆじたく》のお買い物なんだから、チーズとソーセージと塩漬けされたタポンの実とお酒と……」

「そうよ！　あたしたちは荷物持ちのお手伝いで来たんだから！」

「ちなみに迷子になったら広場にある噴水の前で待ってるようになー？　まあ、そんなドジな子いないと思うけど？」

「「あ、うん……」」

この町ってこんなに人がいたんだなぁ。

子どもたちを連れて、全員出てきてみたが——ものすごい賑《にぎ》わい。

シータルとアルは俺が見下ろしながらそう言うとシュン、と大人しくなる。

さすがにこの人混みで誰も迷子にならない、とは思ってない。そんなのは奇跡だ。

「アメリーも分かった？」

「アメリーはオレが見てるからだいじょうぶ」

と、相変わらずニコニコボケェ～っとするアメリーの手を引くニータン。

ヤダ、なにこの子男前。

「お兄ちゃんお兄ちゃん、手繋いでもいい？」

「いいよ」

「!?」

そう言ってきたのはクオン。断る理由もないので手を出すと、アルとラナがすごい勢いで振り返った。……アルは分かるけどラナはどうしたの。

「あ！　クオン、ずるい！　あたしも！」

「いいよ」

「っ!?」

あれ？　シータルも振り返った。ラナの顔が妙に引きつってるけど、なにか重いものでも買う予定があったのか？　いや、重いものを持つ時はちゃんと離してもらうよ？

持つよ、荷物。だから安心して欲しいな。

「そ、そうね……ま、迷子になったら、大変だものね！」

「？　うん？」

あれ？　ラナが急に不機嫌になった。なぜ？

「クオン、ファーラ、フランをちゃんと連れてきてね！」

「『うん！　まかせてエラーナお姉ちゃん！』」

「え、迷子になるの俺？」

そんな感じでクオンとファーラに手を引かれ、シータルとアルに睨みつけられながら市場を進む。つーか、シータルがファーラに気があるとは、初めて知ったよ。

途中、昨日狩ったラックが公開解体されていくところに出会《でくわ》した。立ち止まって眺めてしまう。が、ファーラとシータルが震えながら足にしがみついているのに気がついた。

「え？」

「ひっ……！」

いや、ファーラは分かる。女の子だし。

ベリベリ剥《は》がされていく皮とか、身とか、取り出されて置いておかれる内臓はグロテスクだ。それに怯えるのは無理もない。しかしまさかやんちゃ坊主のシータルも？

まあ、あれがダメなのに男女は関係ないと思うけど。

「な、なぁー、もう別なところへ行こうぜっ」

「そうだな。ラナ、俺ファーラとシータル連れてチーズ買いに行くね」

「え？　ああ、そう？　じゃあ私あのラックのお肉買ってくるわ。ローランさんに干し肉と燻製の作り方を教わる約束してるから材料は買っておかなきゃいけないし」

「あ、そうだったの？　うん、分かった。じゃあ、終わったら噴水前に行くから。……ラナも大丈夫？」

「え、ええ、直視はしないから大丈夫……」

無理するなよ。クオンには「えー」と言われたが、彼女は解体作業が興味深いらしいのでラナたちと一緒にいることを選択。

別行動してチーズを買いに行くが、問題は非常に歩きにくいこと。２人とも、足にべったりすぎて俺が歩きにくい。いや、市場のあちこちで昨日の獲物が解体ショーをされているので無理もないのだが。あと、一部の家畜も冬の前に数を減らさねばならない。

『緑竜セルジジオス』は冬がそれほど厳しいわけではないが、食糧に普段困らない国だからこその他国から『食糧庫』扱いされる。自分たちの食べる分はもちろん、他国に売る食糧も用意しておくのだ。

しかし、どうしてこれほど食糧に恵まれている国なのに、市民生活が『青竜アルセジオス』の平民と大差ないのだろう？

その最たる理由は水。『青竜アルセジオス』に源泉《げんせん》を握られているのだ。

なので年間使用料として胴体大陸の『青竜アルセジオス』以外の4カ国は毎年大金を払って水を買っている。そういう意味では、ラナの考案した冷蔵庫や冷凍庫などの竜石道具も『青竜アルセジオス』では足元を見られて安く買い叩かれかねない。

それほどまでに水はこの国にとって重要資源。

まあ、ぶっちゃけ『水』以外に他国に誇るものがない『青竜アルセジオス』にとっては、それしかないんだけど。

他国もそれを分かってるから、多少蔑《さげす》みを交えて金を支払っている。俺は外交の手伝いで他国に行くと必ず1人には「水しかない国は大変ですなぁ」って笑われてた。

『青竜アルセジオス』は水の国だ。だが水しかない国でもある。

『竜の遠吠え』はいつも『青竜アルセジオス』を狙ったように直撃して通過するし、それに伴う被害も毎年ひどい。傲慢《ごうまん》になりすぎれば足元を見られるのは『青竜アルセジオス』だろう。

「あったあった」

まあ、『青竜アルセジオス』の心配はアレファルドにお任せするとして。目当てのチーズが売っている店にたどり着いた。いつもよりも人が多いせいで、普段より時間を食ったな。

「ここって……チーズの店!?」

「シータルはチーズ大好きだろ？　入るよ」

そう、ここは『エクシの町』唯一のチーズ専門店。木製でありながら非常に重厚感溢《あふ》れる外装と扉。丸く、幅と高さのある固形チーズが左右に並ぶ商品棚。店主のいるカウンターの横は粉チーズや、チーズを粉にしたり、削ったりする器具が売っている。

その横の棚はチーズ作りの道具かな？

チーズ――というか乳製品全般を作る竜石道具はあるけれど、今は人数が増えて供給が足りなくなっているので、冬用にチーズは多めに必要だ。

まあ、つまり牛乳屋から牛乳を買ってくれば他の乳製品も作れる。でもちょっと今の人数分の牛乳を買っていくのは大変。やっぱりプロの作る熟成チーズは味の深みが違うしね。

「こんにちは」

「あーら、ユーフランいらっしゃい。今日は可愛いお連れさんねぇ。例の『赤竜三島ヘルディオス』から来たっていう子たちかい？」

「そう」

ここの店主、マチーダさん。この国の女性らしく、スリムで肌ツヤツヤの年齢不詳。そのくせ男勝りというか、堂々としていて濃ゆい。この人は、他の『エクシの町』の人より最初から俺への態度が柔らかい人だった。旦那さんもそうだが、チーズにしか興味ないんだってさ。

「男の子がシータルで、女の子がファーラ」

「よろしくね、アタシはマチーダだよ。この町のチーズは全部うちの手作りなんだ！」

「え、そうなの⁉　おれチーズ大好き！」

「おお、そいつぁ嬉しいねぇ！」

『赤竜三島ヘルディオス』では食べたことがない料理がとても多い中、各々最近は自分の好きな味や料理を主張するようになってきたから。

中でもシータルのチーズ好きはちょっとヤバい域。なにしろ「あ、これ店で買ったチーズ」「これは竜石道具で作ったチーズ」と見分けるようになったのだ。

いや、まあ、俺とラナもそりゃあチーズの違いぐらいは分かるけどね？

ヨーグルトや生クリームと違ってチーズばかりは熟成度で味が格段に変わるから、味の違いはそりゃ分かりやすいけれども！

「なあなあ、チーズってどうやって作るんだ？　おれにも作れる？」

「あら、チーズ作りに興味あるのかい？」

「だって美味いじゃん！　うちで作るチーズも不味《まず》くないけど、この店のチーズはめちゃくちゃ美味い！」

「あんらぁ～！」

めちゃんこ嬉しそうにするマチーダさん。そりゃあ、自慢のチーズを褒められればねぇ。

シータルの子守りはマチーダさんに頼んで、一番大きな円盤型のチーズを買って運ぶか。

「買うもの決まってたの？」

「うん、まあね。一番大きいこれ」

「大きい！」

しかし、今の人数でどの程度もつだろう？

雪はあまり降らないらしいとはいえ、まったく降らないわけではないはず。雪が積もると町まで来るのは大変だ。チーズ大好きっ子もいるし多めに5つくらい買っておく方が無難かな？

「すいません、これを5つ……」

「なんなら作っているところを見ていくかい？」

「いいの!?」

「あれ？　あのー」

「あ、ちょっと待っててておくれよ！　あんたー！　見学だよー！」

「…………」

シータルが飛び跳ねながらマチーダさんについていく。

ファーラと顔を見合わせてからもう少し店内を見て回ることにした。

「！」

お？『ワインにはこれ！　チーズ詰め合わせ』。なるほど、これはワイン用のチーズか。

ラナの誕生日プレゼントはグラスにしようと思ってたけどお酒はなんにも考えてなかったな。

レグルスが「今度イイお酒持ってくるわヨ〜」とか言ってたけど、ラナの誕生日前にしてくれるよう頼んでおこう。それによってつまみも用意して……。

「!?」

ふと、本当にふと店の外を見たら驚いた。この店の真ん前ってガラス工房だったの!?

そういえばチーズだけ買いに来てチーズだけ買っていたから、この辺り周辺はのんびり見たことなかったなぁ！

「ファーラ、ちょっとグラスを見てきてもいい？」

「いいよ！　シータルたちが戻ってきたら呼ぶね！」

「ありがとう」

賢い。頭を撫で撫でしてから、チーズ屋の向かいにあったガラス工房に入ってみる。

他の店とは少し離れている、独特な場所だ。驚くほど色とりどりのガラス。グラスだけでなく、皿や窓、コップからペン立てや灰皿、瓶まで多種多様な品が乱雑に並んでいた。

「らっしゃい……」

うお、びっくりした！　商品棚の影にカウンターがあったのか。

店主らしき初老のおっさんがパイプをふかしながらこちらを睨むように見ていた。

まあ、俺の髪や目の色を思えばこの国では慣れた反応。

「すいません、グラスを探してるんですが……その、セットの、プレゼント用で」

「夫婦用か？」

「!?」

な、な、なっ！

「な、なんでっ」

「時々夫婦でチーズ屋に入ってくのを見かけたことがある。うちには来たことなかったがな」

「………」

くっ、意外と商売人のようだ。

「それならこれはどうだ？　名前が彫れるタイプだ。注文をもらえれば1日で入れてやるよ」

「な、名前……」

なるほど、それはいいかも？

しかし、名前を彫れると聞いた時、普通『夫婦』ならばお互いの名前を彫った腕輪や指輪を贈り合うものだと思い出す。まあ、これは『青竜アルセジオス』の文化だけど。

「…………。じゃあ、お願いしてもいいですか？」

いや、グラスにしよう。もしも、ラナに──他に好きな相手ができたら──グラスなら割って終われる。腕輪や指輪のように残る物、きっと迷惑になるよな。

「ひっひっひっ」

「!?」

と、突然の不気味な笑い声!?　ここの店主やばい人なの!?

「ああ、名前は？」

「俺はユーフラン、妻は、エラーナ」

あれ？　顔から火が出そうなほど恥ずかしいぞ？　つ、つ、妻とか呼んでしまっ……！

初めてじゃないのに、なんかどんどん気恥ずかしくなるの、なんでだ？

「ユーフランとエラーナ、だな。分かった。料金は銀貨30枚だ」

「え、高い」

「ひっひっひっ、夫婦用ってことはアレだろう？　『聖落鱗祭《せいらくりんさい》』用だろう？」

「…………。っ！」

わ、忘れていた！

『聖落鱗祭』は年に一度、守護竜たちが鱗《うろこ》を落とす日。

年の最後と、新しい年を祝う祭りですべての国が賑わう日だ。

守護竜たちの鱗は新たなる『竜石』となり、竜石道具や竜力を国中に運ぶ助けとなる。

そう、まさに年に一度の重要な日。そして、その日には家族に贈り物をする慣《なら》わしがある。

これもまた胴体大陸では共通の文化だろう。

――家族。夫婦ならば、『今年もありがとう。どうか来年も一緒にいてください』の意味。

う、うーーーん。

「い、いや、11月に彼女の誕生日があるから……」

「おう、なんだいそうなのか。じゃあ『聖落鱗祭』用のも今のうちに予約しておかねぇかい？　ウチで」

「商売上手だなー。分かったよ。でもなにを――」

店内を見回す。なにか、他にプレゼントになるような物はないものか。

「ん？　これは、ガラス玉？」

楕円《だえん》形の平たいガラス――玉《ぎょく》とは呼べないな。とても澄んだ緑色。

他にも青や黄色、この国では忌避《きひ》される赤やオレンジまである。

先の方に穴が開けられ、紐《ひも》が通されているのだが、その先の形がややおかしい。これは、蓋《ふた》？

「目が高いな。そいつは入れもんとしても使える」

「入れ物？」

「なにを入れるかは人によるが、買う奴は必ず解毒薬《げどくやく》を入れて渡すな。この国には春先にイエローポイズンハニーっていう毒蜂《どくばち》や、レッドラインスネークという猛毒の蛇《へび》が出る」

「ええっ？」

そんな危ないの出るの!?　えー、うち森の中なんですけど。やだなー、絶対いそうじゃんー。

「相手の身の安全を最優先にする男はそれを買う。こりゃあ、マジだぜ？」

「…………。はあ、本当に商売上手いね。ちなみに解毒薬は？」

「メリンナんとこで買えば間違いねぇだろ」

「んもう。で、両方でいくら？」

「銀貨2枚だ」

ぼったくりじゃねーの？

足元見られてる気もするけど、これだけ小さい器、色つき、ってことまで思うとなかなかの技術力。これでも元貴族。そのくらいは分かる。

「はいよ」

「毎度。次に来る時までに用意しておく。グラスはお前と嫁の名前、こっちの小瓶は嫁さんの名前だけだな」

「うん、よろしく」

『聖落鱗祭』は〝贈り合う〟イベント。なので、俺は自分の分など用意しない。

できない。ラナが俺になにか用意するかは分からないけど、誕生日には一緒にお酒を飲んで、お祝いをさせて欲しいから。

ガラス工房の店主にお金を払ってチーズ屋に戻ると——あれ、まだファーラが1人で店内にいるな。シータルは戻ってきていない、だと？

「ユーお兄ちゃん！」

「まだ夢中になってるの？」

「みたいー」

やれやれ、となんとなく盛り上がってる気配のする厨房《ちゅうぼう》を覗き込む。そこで見たのは——。

「すげー、つまりチーズって牛の乳をどんな風に加工するかでも差が出るんだな！」

「そうだ！　呑み込みが早いなぁ、坊主！　うちの跡取りにしてぇくれぇだ！」

「ああ、いいねぇ。アタシらには子どもができなかったから……」

「！」

「ははは、どうだ、坊主――いや、シータル。うちの子になってこの店を継がないか？」

「え、えーと」

シータルの意外な才能？　しかし、さすがに突然の里親の申し出にはシータルも困惑している。無理もないな。

「………。マチーダさーん、そろそろ買い物したいんですけどー」

「！　あ、ああ！　すまないすまない！　さあ、シータル、お兄ちゃんとこ戻んな。うちの子になる話はそんなに深く考えなくていいから！」

「う、うん……」

そうは言っても、シータルの顔は完全に引っかかりを覚えている。

驚いたな、シータルがそこまでチーズ好きだったとは。というか、それなら簡単ではないか？

「お待たせ、なににする？」

「これを5つ。ねえ、マチーダさん。この子たち、来年には『エクシの町』の近くの学校側にできる施設に住む予定なんだけど、いつまでも無職ってわけにはいかないだろう？　自分で稼げるようになってもらわないと。だから、シータルが12か13になったらここで雇ってくれない？　シータルはチーズ大好きみたいだしね」

「！」

「！　ああ、ああ！　それはいい考えだ！　ああ、そうだね、そうすればいいんだね！　そうしよう！　シータル、もう少し大きくなったら、うちの店で働いてくれるかい？」

カウンター越しに、マチーダさんがシータルに笑いかける。シータルは驚いた顔のあと、満面の笑みを浮かべて大きく何度も頷いた。

「うん！　うん！　おれ、ここで働きたい！」

「そうかいそうかい！　ああ、楽しみだねぇ！」

「良かったね、シータル」

「おう！」

やんちゃ坊主その1、シータルは就職先が早くも決まりました。


『肉加工祭』はまだまだ続く。店先でミンチになった肉がどんどん動物の腸へと入れられる。それを一定間隔で捻り区切りを入れて、ある程度の長さにしたら燻製器へと入れられるのだ。それが外で行われているんだから、色々ものすごい。

その横で同時に大市も開かれている。冬に必要な物をここで買う。

食べ物は現在あっちこっちで作っているので大市で買うのは毛布や冬用のコートなど。

他にちょっと珍しい異国の品も数多く売っている。これは『聖落鱗祭』のために贈り物として、多くの人が買い求める需要があるのだ。俺はもう買ったけど。

さて、前世の記憶が流れ込んできたことで、記憶障害とやらの多い彼女はそのことを覚えているだろうか？　まあ、忘れられていても俺は贈るけれど。

「？」

あれ、クラナじゃないか。1人で出店を眺めてどうしたんだろう？

真剣な顔。声かけないい方がいいかな？

「なあなあ、ユーフラン兄ちゃん」

「んー？」

「兄ちゃんの仕事手伝ったら小遣《こづか》いもらえるってほんとか？　あのさあのさ、明日なんか手伝うから、あのブレスレット買ってくんねぇ？」

「えー、なにそれシータルずるーい」

「どれ？」

シータルは『聖落鱗祭』のことを知ってるんだな、と身を屈めてみる。でかい布を何重にもしたような頭のおっさんが「魔除《まよ》けのブレスレットだよ」と胡散《うさん》臭い笑顔で言う。

文句を言っていたファーラも俺のズボンを握り、一緒に覗き込んできた。２人が「これ知ってる。見たことある」と、言う。

ほーん、これは『赤竜三島ヘルディオス』の特産品の１つだな。

乾燥させたヘルサボテンを丸くくり抜き、側面に糸を通してブレスレットにした物。

「もしかして年末のお祭りに？」

「う、うん」

「それならいいよ。ファーラも買うなら出すけど」

「？　ねんまつのおまつり？」

おや？　知らなかったのか？

知らないのでは可哀想《かわいそう》だ、と『聖落鱗祭』のことを説明すると、本気で驚いた顔をされた。

マジで知らなかったんだ？

「あ、あたしもなにか買うー！」

「うん、買っておいで」

「ありがとうユーフラン兄ちゃん！　買ってきた！」

シータルはやんちゃだが、アルよりは素直だな。お釣りもきちんと俺の手に渡してきた。

ファーラも店先で悩み、それから同じようなブレスレットを買ってくる。

まあ、ファーラが買ってきたやつは多分サボテンの種類が違うっぽい。

やけに赤みが強いのを選んできたものだ。

「これ買った！　ありがとうお兄ちゃん！」

「赤いの買ってきたの」

「うん、お店のおじさんがね、これが可愛いってゆってた！」

「…………」

ニッコリ微笑んで、そのまま店のオヤジを見る。スゥ、と目を……いや、顔を背けられた。

この国では赤い品は売れないもんなぁ？　だからって、子どもを騙《だま》すかね？

「……俺たちにくれるの？」

「うん！」

「それならいいよ」

「？　なにがー？」

もう少し大人になれば分かるよ、と言って、待ち合わせの広場へと移動する。

先程の店にはもうクラナはいない。代わりに、広場の噴水前に立ってソワソワとしている。

「クラナー！」

「あ、クラナー！」

「！　シータル、ファーラ！　お帰りー！」

お互いに気がつくと駆け寄って抱き締め合う。その姿は『きょうだい』そのもの。

ん、クラナのいた場所には紙袋。拾って持っていくと、顔を赤くして立ち上がる。

差し出すと、なにやらもじもじしながら紙袋を受け取り、「あのう」と恥ずかしそう。

「うん？」

「あ、『青竜アルセジオス』の人って、こういうの大丈夫ですか？」

そう言って紙袋を開いて見せてくれた。中身は毛糸――ではなく、緑色の――なに？

「これは、繊維《せんい》サボテンの糸？　なにか編むの？」

「は、はい。セーターを」

セーター。

繊維サボテンは『赤竜三島ヘルディオス』で一般的に使用される『糸』の代わり――だったはず。俺も聞き齧《かじ》り程度の知識だけど、これでセーターを……編むのか。

「ラナに？」

姉さん、なんて呼ぶほど仲良くなっているのだから、『聖落鱗祭』に間に合わせたいのだろう。

編む時間の確保に協力して欲しいとか、そういうのなら俺も――。

「い、いえ、ダージスさんに」

「へ？」

ダージス、に？　え？　聞き間違い？

思わず聞き返すと、頬を染めたクラナが紙袋で顔を隠す。いや、いや？

「ど、どど、どうしてあいつに？」

「じ、実は昨日――」

聞けば昨日の『狩猟祭』が終わったあと、パン屋の手伝いから帰るクラナをダージスは牧場まで送り届けた。そういえばそんなようなことを頼んだ気がする。俺はラナと帰りたかったので待ってたけど。

で、その時に改めて告白されたそうだ。

まだお友達で、とお断りしたそうなのだが、その後の道中、学校の側で老婆《ろうば》が震えて倒れていたらしい。

そのシチュエーションに「ん？」と疑問を感じはしたものの、その老婆は竜石職人学校に息子が入学し、心配で会いに来たと言ったので信用して学校の寮《りょう》で保護する話になったそう。

そしてその時のダージスのあまりに見事な対応に見惚《みと》れている自分に気づいたクラナ。

老婆に優しく声をかけて、背負い、数メートルだがそのまま歩いて学校の中へと運び入れ、事情を教員たち——グライスさんに話して老婆を預け、無事にクラナを牧場まで送り届けた。

「そ、その、わたし、わたし……その時のダージスさんに……」

「その老婆って、どんな姿？」

「え？」

「着ていた服とか、髪の色とか覚えてる？」

「えーと……髪は紫で、白髪が多くて、服も柄の薄紅色で……」

「そう」

それだけでは確信がないが、か弱い老婆のふりをして貴族のお屋敷などに潜入、狼藉《ろうぜき》を働く、ディーアという国際指名手配の大泥棒の存在を思い出した。

一応、あの学校にある竜石核はこの『緑竜セルジジオス』国内のみで出回っている竜石道具の核ばかり。迂闊《うかつ》に国外に持ち出されるとレグルスに迷惑がかかる。帰りに寄って見てみよう。

ふふふ、しかしもしディーアだとしたらダージス迂闊すぎる。なにかあったらお仕置きだな。

「ユーフランさん？」

「ああ、ごめん。なんでもないよ。で？　その時のダージスにときめいたと？」

「っ……は、はい」

はーん、なるほど～。クラナの前でちょっといいとこ見せちゃお～、っていうタイプでもないからなぁ、あいつ。

マジ、根っからのお人好し。不幸属性。厄介ごとを押しつけられる貧乏くじ。

その辺、俺と似たところがあるのでどうにもなんとも。

しかしそうか、クラナはそんなダージスでもいいと。いや、むしろ倒れている老婆に率先して駆け寄って声をかける——意外とそんな余裕は、平民にはないものだ。

いろんな国を見てきたけれど、行き倒れに声をかける人情がある町はほとんどない。

ダージスは貴族ゆえに余裕がある。そして、元来アホなほどお人好しで……あ、やっぱりアホ。だって、上にのし上がること、人の足を引っ張るのが常の『青竜アルセジオス』の貴族社会で生きてきたはずなのに、クラナと暮らすことを選んだ。

『青竜アルセジオス』を捨ててまで、平民のクラナと。やっぱり最高にアホ。

「うん、そう……まあ、応援するよ。あいつ本物のアホだと思うから」

「は、はい！　ありがとうございますっ」

苦労するだろうなぁ。でも、本人たちが選ぶなら、外野があぁだこうだと言う権利はない。

かなり！　とても！　ものすごく！　意外ではあるけれど。

「え、えー！　クラナはあんなしょぼい男を選ぶのかよー！」

「し、失礼な！　ダージスさんは優しくていい人だよ！」

「クラナにはもっといいひとがいると思うー！」

「ファーラまでひどい！　い、いいの！　わたしは、あの優しいダージスさんがいいって思ったんですぅー！」

左右からシータルとファーラがやんややんや言うけれど、クラナの気持ちは固まっているようだ。良かったなぁ、ダージス……逃すなよって——あ、そうだ。

「それならクラナ、明日1日休みにしたら？」

「と、突然なんですか？」

「ダージス誘って明日も市に来ればいいじゃん。多分買うもの足りないと思うし、ダージスもこの国での冬越えは初めてで、分からないことだらけだと思うな」

「そ、そう言われても、わたしもこの国で育ったわけではないですし……」

「それ」

「？」

「その不安、ダージスに相談してみなよ。あいつ簡単に引っか——」

んん。じゃなくて。

「男は頼られると頑張っちゃう生き物だから、あっという間にクラナのペースに持っていけると思うよ」

「そ、そういうもの、なんですか？」

「うん、俺もラナに頼まれるとなんでも作りたくなるというか、頑張っちゃう」

冬支度や子どもたちの世話が増えたし、『でんわ』は難しいのでもう少しかかりそうだけど。

「張り切っちゃうよ、そりゃあもう、ものすっごく。だって喜んで欲しいから。ラナが笑うと、幸せな気持ちになるしね」

「……あ」

「？」

ファーラが顔を傾ける。

んん？　後ろ？　振り返ってみると、顔が赤いラナと他の子どもたち。

「あ……あ、えーと、あの、わ、わ、わたくし、パン、パン屋に、顔を……」

「え？　あ、ああ、今日開店日だもんな。そうだな、行ってみた方がいいんじゃない？」

「え、え、えええええぇぇぇぇっ、いい行って参りますわっ」

「あ、俺たちも一緒に行っていい？　せっかくだし売り上げに貢献するよ。お持ち帰りメニュー、あったよね？　サンドイッチセットとか」

昼ご飯にしてはちょっと遅くなったけど。ラナ監修の小麦パン屋は小麦農家の人に任せている。今日が開店日なので、顔を見せた方がいいだろう。ラナが計画している牧場カフェはイートインスペースという『買って食べるスペース』があるけれど、小麦パン屋はパンを買っていくだけの店。この人数で押しかけるのは憚《はばか》られるが——。

「俺も1回くらい小麦パン屋には行ってみた——」

「行ってきますぅぅう！」

「ラナ……!?」

この人混みの中を、誰にもぶつかることなくするする抜けていく!? なにあれ、すさまじい技術すぎない？ どこで学んだらあんなことできるようになるんだ!?

前世？ 前世の記憶の力？ 前世の記憶ってすげー……。

「ごはん！」

「ごはん〜」

「うん、じゃあ行きましょうか。姉さんの小麦パン屋は開店日で忙しいと思うけど、サッと行ってサッと帰ってきましょうね」

クオンとアメリーが手を挙げて空腹を訴えるのでラナの小麦パン屋の売り上げに貢献しに行こう。人数も多いから長居は無用だ。……この子たちの〝色〟のこともあるしね。

ん？ クラナ、そのなんとも言えない笑顔は一体なに？

「パンを買ったらどこで食べるのー？」

「あ、そうねぇ。どこで食べようかしら？」

ああ、ファーラに言われて気づく。パンをお持ち帰りで買ったあと、どこで食べるか考えてなかったな。町の中は祭りと大市で座れる場所などないし、長く居座ればこの子らの色を快く思わない輩《やから》に絡まれるかもしれない。

それなら、さっきの気になっていた件と合わせて解決してしまった方がいいな。

「学校でいいんじゃない？　借りたい道具もあるし」

「あ、そうですね！　分かりました！」

クラナはうっかりダージスに遭遇するかもしれないもんね。ハイハイ、とっても期待に満ちたいい笑顔、頂きました。ごちそうさまです。


というわけでラナを小麦パン屋から回収しつつ、お持ち帰りのパンを各々で購入し、竜石職人学校の前で馬車を降りる。

ラナたちは食堂の一画を借りて食事するというので、俺は「先に道具を借りてくるね」と、生徒が作った竜石核や、器となる道具《アイテム》の保管されている倉庫を目指す。

廊下では意外と多くの生徒とすれ違う。いつの間にこんなに賑わいのある場所になっていたんだろう？　よくよく考えると、ラナの小麦パン屋だけでなく竜石職人学校も今日からなんだっけ。あまりに興味なくて忘れていた。

「さてと」

クラナがさっき言っていた——ダージスが昨日、拾って連れ込んだという老婆。

あれがもし国際指名手配の大泥棒ディーアなら、狙うのは高価な竜石核。

小物の竜石核ならば大した金額ではない。しかしそれは普通の竜石核の話だ。

この学校で作るのは——俺がラナに頼まれて作った竜石道具の竜石核。

耳を澄ませながら、辺りを見回す。食堂のある校舎から渡り廊下を進むと、最初に倉庫区画へ続く大きな門があり、それをくぐると中庭。

後ろを振り返るとクーロウさんちの職人たちが自慢していた木工装飾が際立つ校章。まるで貴族学園のような内装で、なかなか巨大な玄関ホールがここからでも分かる。

その校舎の右側——方角的には『エクシの町』のある方に、生徒と教師の最大500人収容可能なかなり大きな宿舎がある。なぜこんなにでかくしたのか。あのおっさんたちの考えることなど俺には分からない。学校っていうくらいだから、いずれ新入生を入れたり卒業していったりと入れ替えもあるから多めの収容人数にしたのかもね。

校舎の隣にもでかい建物がある。作業用校舎だ。

その裏手に、倉庫や道具《アイテム》……器作り用の工房、作業場、製作所などが建ち並ぶ。竜石核を作るのは作業校舎。だが、例の大泥棒で間違いないなら作業校舎には行かないだろう。間違いなく、完成した竜石核を奪いに行くはずだ。

――つまり、保管用倉庫区画。

「はぁ、めんどくさ」

溜息を吐《つ》いてから、倉庫区画の中央にある第5番倉庫に向かう。倉庫区画は9つの倉庫があるのだが、完成品の保管庫は倉庫群の真ん中。

一番大きな倉庫の、中央部の部屋だ。息と気配を殺して進んでみると、驚きの結果。

「誰だ！」

ちょうど鍵《かぎ》開けを行っている最中。昨日学校に潜入したので、妙なボロが出る前にもうとんずらしてると思ったが、存外ゆっくりとしていたらしい。

まあ、保管庫の場所を割り出すのに時間が必要だったのかもね。建前が「職人学校に入学した子どもに会いに来た」とかなんとか言ってた気がするから、昨日の夜は親子感動の再会のために、教員、学生共に「誰のカーチャンだ⁉」ってワイワイガヤガヤしていたのかも。

その光景が目に浮かぶ。なんだかんだ、お人好しが多いから。

「なんだ、ここの生徒さんかい？　ああ、驚いた」

こっちも驚いたよ。取り繕《つくろ》うのがなかなかの速さ。

「いやぁ、ここの鍵が開かないんでねぇ、おかしいなって思ってたんだよ。ほら、あたしゃ腰が悪いだろう？　それとも飯の時間かい？」

なるほど、耄碌《もうろく》してるフリか。まあ、あるあるだな。

「ディーアだろう？　悪いな、俺、国際指名手配系は結構携《たずさ》わってきて明るい方なんだ」

「!?」

貴族連中から『個人的なお使い』と称して、まあ色々頼まれる。色々。

本気でヤバい奴はさすがにまだ取り扱ったことはないけど、公になっている国際指名手配は、国外に行く俺にとって無関係ではない。

ディーアは今更ギョッとした顔で逃れようとするが、唯一の出入り口は俺が陣取っている。

ババアは苦虫を噛み潰した表情でこちらを睨む。

「ふん！　あたしを知っとる奴がこんな僻地《へきち》にいるとはねぇ！　まあいい！　だからってあたしが仲間もなしにここに来ると思っ——」

靴底の竜石を起動させる。ここからだと距離があるので使うしかない。

袖の下に仕込んでいた手甲《てっこう》の竜石道具も発動させて、細い鎖と杭を排出。

靴底に仕込んである竜石は、ブーツの竜石道具。周辺の空気を操って足音を消したり、加速したり、僅《わず》かだが浮くこともできる。まあ、『影』のお仕事用。

そして腕に仕込んである手甲。細く長い鎖を操れる竜石道具。一度絡みついたら道具使用者の意思でなければ剥がれない。こっちも『影』のお仕事用。

主に――！

「っこれは⁉」

こういう悪さをする奴を拘束する。加減によっては縊《くび》り殺すこともできるけど、国際指名手配ともなれば生捕《いけどり》で賞金も出るのでしない。

拘束したら杭を打ち込んで地面に固定。普通の賊ならここまでしないけど、相手は一応国際指名手配犯なので出し惜しみはしない方がいいかなって。

「くぅ！　なんだい、これは！　くそっ！　こ、この……何者だい！　こんな道具を持ってるなんて、お前、ただの平民じゃないね⁉　まさか『緑竜セルジジオス』の暗部騎士⁉　なんでそんな奴がこんな場所に……！」

「ざんねーん。俺はどっちかというと『青竜アルセジオス』の暗部騎士予定だった人〜。まあ、どちらにしてもここに来なければ見逃してたよ。ここに来なければ」

ラナが欲しいって言った竜石道具。ラナが販売を認めたのはレグルスだけ。

それ以外の奴が手を伸ばすってちょっと不快。

にっこり笑って腰のポシェットからロープを取り出す。

「さて、と……今夜卵スープって言ってたから早く帰ろ」

「卵スープ⁉」


で、そんなことのあった翌日。

吊るし上げておいたディーアを前に、ダージスがガックリうなだれていた。

レグルスも駆けつけて、頬に手をあてがう。グライスさんもいつも以上に表情が暗いなぁ。

「竜石核泥棒だなんてネ。一応防犯で完成品の倉庫は厳重にしておいたケド、こんなに簡単に侵入されちゃうなんテ、ショックだワ〜〜〜」

「あ、ああ……開校してすぐに入られるとは思わなかったな……」

そう言って顔を見合わせる。

その後ろには3人のおっさん。右端の刈り上げがイロアさん。真ん中のハゲがファカンさん。左端のモヒカンがソザードさん。

一応この辺りで竜石職人をしている人たちで、教師として招かれている。彼らはすでに数人の弟子を取っていたので、弟子もまた先輩の職人として連れてこられていた。

俺の負担が減るならなんでもいいので、あまり話はしたことがないのだが。今回のことは彼らも無関係ではないので勢揃い。そして——。

「警備どーなってるの！」

「まあまあ、ラナ……」

「だって！　盗まれてたら色々大変じゃない！」

なぜかラナもついてきた。

道具の発案者兼権利を持っているのはラナなので、いるのは構わないのだが……あんまり人が吊るし上げられている場所にはいて欲しくないなぁ。縛って吊るし上げたの俺だけどー。

「ご、ごめん！　俺が考えなく入れたから……」

「本当それよ！」

「まあまあ、本人は親切心からだったわけだし」

「ユ、ユーフランが俺の味方をした⁉」

「え？　味方したら驚かれるとかしない方が良かったのかよ？」

「いやいやいやいや！　そ、そういうわけじゃないけど！」

そんなことよりプンスコと怒るラナが可愛い。頬を膨らますとか、幼く見えて可愛い。

これはわざとやっているのだろうか？　それとも素？　素なら尚更可愛い……可愛い……。

「防犯カメラとか、防犯センサーとか！　そういうのが必要なんじゃないかしら！」

え？　ここに来てのラナ語？

「なんて？」

「あ……えーっと……」

「？」

突然振り返り、顔を赤く染めつつ目を泳がせるラナ。

え？　可愛い。ではなく、屈《かが》め、と手で合図された。この状態のラナに顔を近づける？　拷《ごう》問《もん》？　しかし拗《す》ねた顔をされるので気合を入れ直し、屈んで顔を近づける。頑張れ俺。

「あのね、防犯センサーっていうのはね……」

ふむふむ……。なぜわざわざ耳元でこそりと教えてくれるのかは分からないけど、息が吹きかかるし声近いし顔近いし体温まで感じる距離。

心臓、止まらない？　止まるよ？　死ぬよ？　俺が。

「ちょっと待って」

内容が頭に入ってきません。あと、ちょっと後ろを向いて頭に手を当てる。額《ひたい》を冷やす。手、少し冷たいので。えーと、なんの話だっけ？　防犯センサー、とかいうやつを作れないか、っていう話だったな。

「まあ、作れなくもなさそう」

「え！　本当に!?」

「うん、風、空気、温度を感知する竜石道具ならあるし」

俺の足元に。

「――……あ……そうか」

「？」

小難しく考えすぎていたな。ラナの描いたイラストに囚《とら》われすぎていたんだ。

「レグルス、ちょっと作業場借りる」

「エ？　ええ、構わないわヨ？　というか、ユーフランちゃん専用の作業部屋は最初から用意してあるんだからラ、借りるもなにも自由に使っていいのヨ？」

あ、そうだっけ？

まあいい、道具も揃ってる場所があるならサクッと作ってしまおう。

場所を聞いて、小型竜石を６つ。うん、このやり方なら多分イケるんじゃないかな。

「「「………………」」」

なんか後ろに職人組がついてきているんだが、とりあえず放っておこう。

設計図を描く。問題点は簡単に解決するものだった。

だが、俺はラナの描いたイラストの形を忠実に再現しようとしたからそれを見落としたのだ。

これまでは、それで上手くいっていたから。

ファーラが協力してくれた時に得たヒント。そして、形にこだわることを一旦やめて……竜石と竜力の力の流れ、作用を少し変えれば——。

「ば、ばかな、こんなやり方……！」

うん、こんなものかな。これならこの間作ったやつよりはシンプル。

「こ、これを小型に描くのか？　グライスさん、こいつ、本当に⁉」

「描くんだ、こいつは。これを」

竜石はただの石ではない。守護竜の鱗が石のような形になる。

竜石は基本的にジャガイモのようにでこぼこで、同じ形はないと言える。それを擦り上げ、球体にすることもできなくはない。でも、そうすると守護竜の加護——竜力を得にくくなる。

だからエフェクトを刻む時は優しく、慎重に。

「信じられん……本当に描いてやがる……」

「あの小さくてデコボコした竜石に……」

ラナの望んだ形とは違うけど、機能はこれで出るはず。

2つの竜石核ができた。

本来なら、これを道具《アイテム》の上に置き、血を垂らす。

それで竜石核に刻んだエフェクトが道具に浸透して竜石道具が完成する。

だが、俺はそれをしない。並べて、くっつける。

「お、おい、なにをするつもりだ？」

グライスさんが心配そうに声をかけてきたが、笑ってごまかした。

まあ、見てて、と――虚勢《きょせい》を張る。だが、確信もあった。きっとこれで上手くいく。

音、共鳴、文字、数字、風、竜の加護。そして、守護竜がもたらす恩恵、奇跡。

ナイフで指先を切り、竜石同士がくっつくところに血を垂らす。後ろからは悲鳴にも似た声。

「なにやってる！　そんなことしても竜石に刻んだエフェクトがお互いに消し合うだけだ！」

おっさんの１人が叫ぶ。そうならないように刻んだのだ。

合わさり、溶け合い、１つの『エフェクト』となるように。

「これはっ！」

前回と同じ、しかし決定的に違う光が生まれる。輪となり、竜石が溶ける。竜の鱗が溶けていくのだ。だが、熱くない。これは『緑竜セルジジオス』の竜力だ。

『青竜アルセジオス』出身の俺には少し扱いが難しい流れだが、やってできない感じでもない。整えるだけ。

ああ、やはり……この国の守護竜なだけあって、流れを整えるととても優しい。輪のような光は、木漏れ日のような光に変わり竜石に降り注ぐ。でき上がったのは中型竜石くらいありそうな……美しい球体だ。真ん中に円が刻まれ、うっすら光っている。

「ど、どうやったらこんなことになるんだ！」

おっさんの1人がまた叫んだ。ハゲてるおっさんはファカンさんだっけ。

テーブルを両手で叩きつけ——いや、顔が近い。

「どうやったら！　どうしたら！　こんなことになる⁉」

「落ち着けファカン。ユーフラン、それはどういう原理だ？」

ファカンさんの肩を掴み、グライスさんがテーブルから引き離してくれた。

ふむ、では説明しよう。

「簡単なこと。竜石に刻んだエフェクトを合わせることで新しいエフェクトにした」

「「「は⁉」」」

「石同士を重ねて捧血《ほうけつ》したことで、反発ではなく融合し、相乗効果で竜力の流れが変わり、取り込む機能性が跳ね上がった。そして、仕込んでおいたエフェクトが機能するようになったんだよ。仕込んだエフェクトはこれ。円になってるところ」

「「「…………」」」

3人、と、グライスさんも覗き込む。円は細かい文字になっている。文字はエフェクトだ。

2つを重ね合わせることで、文字が浮かび上がり、文章——エフェクトとなった。合流したすべてが1つの形になることで生まれた新型の竜石道具。いや、道具というよりは――。

「うん、道具を使ってないから竜石玉具《ぎょくぐ》、かな」

「ふざけた奴だ、まったく……！　それで、これはどんなことができる？」

グライスさんの俺への扱いがひどい。まあ今更だけど。

「これ1つじゃ機能しないね。もう1つ作らないと」

「も、もう1つだと⁉」

今度はモヒカンのソザードさんが叫んだ。

しかしまあ、今ので要領は得た。なので小型竜石をもう一度持ち出して、同じように刻み、合わせて血を垂らす。同じ反応が起き、竜力の流れを整えて……よし、成功。

「っ⁉」

「イロア、これで驚いているとこのあと腰を抜かすことになるかもしれんぞ。で？　2つ作ってどうするんだ？」

「んー、とりあえず番号を刻む」

竜石玉具に竜筆で『1』と刻む。そして、もう1つの竜石玉具に『1』と刻んだ。

そこを合わせてしばらく待つと、竜筆で書いた文字は2つの石の中に染み込んでいく。

「あっが……！」

「顎を元に戻しておけ、イロア、外れるぞ。……それで？」

「これで完成。ちょっと1個持って」

「？」

1つをグライスさんに渡す。

そして、部屋から出て竜石道具を動かす時のように、真ん中をパクリと割る。

磁石のようにくっついている2つの石だが、手で割る――いや、開けることができるのだ。

で、その開けた部分の片割れの平らな部分に指で『1』の数字を書く。

すると、俺の作業部屋から声が聞こえた。

「「「ギャーーーーー！」」」

という野太いおっさんたちの声が。

……イロアさん、マジで腰抜かしてないよな？　心配になって扉を開けたら、本当に腰抜かしてるし。いやいや、あんた一応弟子がいるんだろう？

「ふ、震え出したぞ!?　しかもめちゃくちゃ光ってる！」

「うん、割って。割れるから」

「「「割って!?」」」

おっさんたちがいちいちうるさいので、さくっと説明すると――。

「こうして、切った果実のように2つに割れる。片方を耳に、もう片方を口元に近づけて。分かる？」

「っ！　こ、声が……聴こえる……!?」

「うん、俺の方もグライスさんの声が耳元で聴こえた」

完成だ。つまりラナの言ってた『でんわ』とはこういう——。

「…………」

うん、完成したし、じゃあ次は防犯センサーを、と思ったけどこれまでの色々を思い出した。

ラナは言ってたな？『でんわ』は、命の危険があると。

2つに割れていた竜石玉具を、ぱたん、と元に戻して玉の形にする。

繋がった。ああ、繋がったさ。

さっき、ラナに耳元で話された時のことと、ラナのこれまでの言葉が、全部！

グライスさんの声なんてなんにも感じなかったけど、相手がラナだとしたら？

さっき耳元で話された時のような、そんなふうに声が近かったら。

ラナの声が、耳のすぐ側で聴こえたら——！

「……っ！」

理解した。しかし、理解した上でラナは「欲しい」と言った。

お、お、お、お渡ししますとも……俺の命など、君の願いに比べたら！

「わ、わあ……」

ラナの言っていた『危険』に関しては一応正しく理解した。しかし、だから彼女の願いを無《む》下《げ》にはできない。だってラナ自身もこの危険を承知の上で『欲しい』と言ったのだ。

「綺《き》麗《れい》……」

竜石玉具を手渡すと、ラナは瞳を輝かせながら呟いた。お気に召してなにより。

だが、問題はここから。使い方の説明をして、ラナもふむふむと聞き入って、じゃあいざ、ということになる。俺は、ラナの声を耳元で聞いて死なないだろうか？

「あ、えーと、じゃ、じゃあ……た、試しても……いい？」

「う、うん」

「レグルス！　つ、使ってみ――」

「あらァ、そこは製作者のユーフランちゃんに確認してもらった方がいいんじゃなぁイ？　エラーナちゃン」

「ですよねぇ～～っ」

クッ、レグルスめ……この竜石玉具の危険性をすでに正しく理解した上で⁉

「あ、あの、じゃあ、フラン、試すから、ちょっと離れて」

「は、はい」

「なんで敬語？」

「うるせぇ」

余計なチャチャを入れてきたダージスを本気で睨みつけつつ、応接間を出る。

っていうかなんでダージスがここに——ああ、あのまま人が磔《はりつけ》になってるところで立ち話もアレなので、レグルスが気を利かせて連れてきてくれたのか。

ダージスはお茶でも出しておけって感じだよな。と、現実逃避しつつ、ラナやグライスさんたち職人にチラ見されつつ扉を閉め、隣の部屋へと移動する。こちらも別の応接に使えるよう、整えられていた。まだ建設中の棟はあるものの、室内はほとんど出来上がってるなぁ。

うん、これはなんつーか……俺から連絡をしなければいけない？

そうだよなぁ、俺からだよなぁ、俺が作ったんだもんな～。肩を落とし、息を吐く。

よし！　道具の安全確認・動作確認は職人の義務！　これはその義務！

2つに割り、数字を指でなぞり、そして、待つ。

隣の部屋から「ひゃあ！」と可愛らしい声がして、その間に片割れを耳に寄せる。

『もしもし』

もしもし？　もしもしってなんだろうな？　いや、ラナの声が——めちゃくちゃ近い。

「あ……えーと……ど、どうかな」

と、とりあえず竜石玉具の感想を伺《うかが》ってみる。しかし、応答がない。

布ズレの音は聞こえたから、いるのは間違いないのだが。

「ラナ？」

『え、あ、ま、待ってちょっと色々……ここここ心の準備的なものが……』

「あ、う、うん」

そ、それな！

わ、分かる。分かるし、み、耳元でこんなにラナの声を聞くのは、は、恥ずかしい。

膝から力が抜けるように、しゃがみ込む。いや、本当マジになに話せばいいの？

今までいっぱいいっぱいになることは、そりゃあ多かったけど、これは今までの比ではない。

気絶しないように意識を引き繋ぐので必死だ。長時間これはキッツイ。

今夜は精神疲労でさぞやよく眠れることだろう。

『あ、いや、うん、えーと、いい、いいと、思う。も、問題なし……』

『アーラ、エラーナちゃん、それってどの程度の距離まで使えるのとか確認したノ～？』

『うー！　フ、フラン、これはどのくらいの距離まで使えるのっ』

「す、数字を入れてあるんだ。その数字をなぞると、通話ができる。数字以外でも、文字、名

前とかでも繫がるようになってるから……まあ、その……たとえば『青竜アルセジオス』のラナのお父様と通話するなら、『青竜アルセジオス』の竜石でこの竜石玉具を作らないといけない。通話自体は文字で『繫がり』を作るから……国が違っても、使える、よ……」

『え？　『青竜アルセジオス』の竜石で作るの？』

「えーと竜力の流れを使うんだ。それは他の竜石道具も同じ」

竜石道具はエネルギーとして使う。竜石玉具の場合、エネルギープラス空間のベクトル制御。その辺を説明しても、理解できるのは『竜石職人』のみだろう。なのでやんわり「なんとかした」で終わらせる。ラナも『なんとかしたのね！』と納得してくれた。

『そ、そうなのね……えーと、じゃあ……そ、そろそろ……』

『アラァ、エラーナちゃん、商品名の確認はしたのかしラ？』

『ふえぇ……っ……しょ、しょうひんめいぃ……』

「だ、大丈夫？」

レグルス、あまりラナをいじめないで欲しい。あと正直俺もなかなかに限界。

声が近いだけでこんなに心臓痛くなるもの？　さっきから痛いぐらいうるさい。いや、うるさいくらいだから痛い？　うう、本格的にわけが分からない。

『そ、そうね……うーん……』

ちょっと鮮明に聞こえすぎではないだろうか、この道具。床に膝と手をつかなければ、意識が保てなくなってきた、色々。ゆっくり声の出る方を床に置いて、正座する。

よし、とりあえず呼吸を整えよう。

「すー……はー……すー……」

変な汗出てきた。

『うーん、うーん……そうね、電話というよりは通信機って感じだから……』

「つ……通信玉具《つうしんぎょくぐ》、とか？」

『あ！　それかっこいいわね！』

ぐっ！

「な、なんでもない……」

『？　フラン？　どうしたの？　なんか今変な呻き声が聞こえたような？』

か──かっこ、いい……。

本当に死ぬ、そろそろ、マジで、本格的に、むり……息が苦しくなってきた……！

「あ、えーと、じゃあその価格はレグルスと相談して俺分からないから」

『え、あ、そ、そうね』

『あら、そんなこと言わず──』

ぱこ。っと、割れていた玉具を合わせる。

そのあと両腕を床に……うつ伏せになるように、倒れた。膝立ちで、額を床に押しつけて、真新しい床の木の匂いを存分に吸い込む。木の香り……落ち着く。

わ　け　も　な　く　！

はあ？　無理だけど無理だけどあんな声近くにあるし息遣い分かるし色々無理なんだけど！

アレファルドすげえええてぇ！

好きな相手にあの距離！　俺は無理！　心臓破裂したりとかしないの⁉

つーか、声だけで俺このザマなのに、ダージスが言ってた『手を繋いで』とか『馬に2人乗り』とか『あーん』とか無理すぎない？　無理すぎない⁉

ふおおおおおおおおおおっ！　エスコートの時は平気なのに！

「…………ふう……」

とりあえず深呼吸。うん、多分、大丈夫。

顔見て話せるかな？　という不安は残るが、あまり遅くては不審がられるよな。

隣室をあとにして、ラナたちのいる応接間の方へと戻る。

「いいえ！　金貨5枚！」

「金貨10枚！」

「馬鹿言え！　小型とはいえ竜石を融合させているんだぞ！　こんなことができる竜石職人が他にいると思ってるのか！　金貨30だ！」

「いやいや、こりゃ発明だぞ！　金貨50は積まねーと！」

「はあーーー？　お前ら忘れたのか！　これは1つじゃなく2つでセット！　2つもこんなものを作らなきゃならんとするならば50でも足りん！　1つ40として金貨80が妥当だ！」

「80!?　そんなの王族にしか売れないワ！」

「「「そんくらいの価値だって言ってるんだ！」」」

紛糾《ふんきゅう》しておる……。

「お、お帰りフラン」

「う、うん」

ギャイギャイ騒ぐレグルスと職人たち。その合間を縫うようにラナが近づいてきた。

しかし、顔を合わせられない。隣にいるのにここまで緊張すること、久しぶりだな。

「と、ところでなんの話で盛り上がってるの？」

まさか価格とか言わないよな？　金貨の枚数が2桁になってるんですけど。

「もちろん通信玉具の価格よ。普通の竜石職人じゃ作れないってみんなが口を揃えて言うの。一体どんな作り方したの？」

「えー？　んー……なんとかした？」

「そっか！　そうよね！　けど、かなり特殊なんでしょ？」

「まあ、竜力の流れを感じ取れるレベルでないと無理じゃないかな？」

「そうなのね！（この男がなにを言っているか分からないけど普通の人間ができないことをやらかしたのだけは分かる）」

「？　どうしたの？」

「なんでもないわよ」

でも、そうか。あまり作れる職人はいないのか。

俺1人に全部任されても困るし、価格設定はプロに任せた方がいいな。レグルスは買い手の財布事情もある程度把握してるだろうから、もう少し値下げしたいみたいだが。

「あ、そうだ。とりあえずこれ、もう少し大きいやつをお店に置い――」

「ううん、いらない。お店が困ると思うから。ほら見て、聞こえるでしょう？　飛び交う値段。置いたら大惨事間違いなしよ」

「とりあえず俺たち分と、宰相様用のを帰ったら作る、で、いい？」

「ええ。そのくらいに留めておいた方が多分、いいと思う」

オークションのように「金貨90！」「いや、100！」「セットで110！」――と、一国の年間国家予算に到達しそうな勢い。そんなん王族でも払わないでしょ。

それ以上値が上がったら国宝みたいな扱いになるわ。

「なんかもーほんと……フランってほんとフランだわ……」

「えぇ？　なにそれぇ」

「迂闊に物を作ってって頼むと、市場荒らしみたいになるっていう意味」

「…………」

否定はしない。自覚はある。でも――。

「俺はラナが『作って』って言ったもの以外、作らないよ」

「うっ、そ、それはぁ……」

もう、二度と。ラナが『欲しい』『作って』と言ったもの以外は作らない。アレファルドやスターレット、ニックス、カーズ――あいつらはもちろん、他の誰がなにを望んでも。

俺はラナの望むものしか、作らない。俺には竜石道具に関しての才能があるらしいから。

職人を目指せば多分、ますます世界を混乱させてしまうと思う。

ラナに迷惑がかからないならそれでもいいけど、俺の『竜の爪』はいつか消える。

『竜の爪』がなくてもそれなりに戦えるけど、それでもあまり目立ちすぎると『邪竜信仰』に目をつけられるかもしれない。

あれは竜石道具を不要のものだと訴え、守護竜との決別を目的としている過激派。

竜石道具で最先端の生活を送る、というラナの願いもまあ、いいと思うが、最先端を突っ走りすぎると逆に連中の目に留まって『危険分子』と見做《みな》されかねない。

この辺が引き際だろう。とはいえ、その前に渡すものがある。

「ああ、あとこれね」

「？　なにこれ？」

ポケットから取り出したのは、小型竜石の竜石道具。竜石を縄に通し、一定間隔で固定したもの。

「壁に一直線貼りつけておくと、侵入してきた者に反応する。熱探知だけど人の大きさに設定したから動物では反応しない」

「まさか防犯センサー!?　もう作ったの!?」

「まあ通信玉具よりは遙《はる》かに簡単。道具も縄で済んだしね」

「お、おおう……」

問題は必要となる小型竜石の数だろう。竜石は壊れることこそないが、雨風と使用年数で劣化する。小型はその速度が早い。このセンサーは複数個の竜石を使う。

ましてて、使うのは外。竜石の劣化が早いだろうから、定期的にそれなりの数を取り替えなければならない。せめて使用するのを夜間だけとかにした方がいいが、それでも夜にずーっと起動させてたらダメになるのは早そうだ。

でも、城などに売り込むのならいい儲《もう》けになるだろう。だって器の道具がロープだし。悪くなるイコール定期的に必要になる、だ。ロープ以外、たとえば鎖を器の道具にすることもできる。その辺はみんなにお任せー。

「これを取りつければセンサーになるのね？」

「まあ、使うのは夜だけにして節約した方がいいけど。小型竜石って消耗激しいから」

「そう、なんだ。…………。儲かりそうね」

さすがだなぁ！

「なんにせよ、これでこの学校の竜石核は守られるのね！」

「そうだね」

ああ、あと、学校に通う職人見習いたちの練習用にしてもいいかもな、このセンサー。

他の竜石道具の核より簡単だと思うし、大量に必要だし。設計図描いて置いていこう。

「えーと、それじゃあフラン、通信玉具なんだけど、お店用とは別にお父様の分も作ってくれる？　それでお父様に、直接釘を刺すわ！」

「ん、了解」

ラナの――『悪役令嬢』としての末路を防ぐためなら喜んで。

それに、純粋にラナが家族と気軽に話ができるようになるのはいいことだと思うし。

俺も実家の分作ろうかな。親父はともかく弟たちや母さんはちょっと心配。

ルースなんか別れ際ギャン泣きしてたし。元気だろうか？　手紙では元気そうだけど。

「…………」

二度と会うことはないだろう。

そんな風に思ってたけど、俺も実家にはそれなりに未練があったらしい。

ラナが『でんわ』を思いつかなければ、俺もこの気持ちに気づかないフリをし続けられただろうに……。

毎回毎回、まったく、本当にこの人は――。

4章　覚醒

あー、時が経つのは早い。ついこの間『狩猟祭』があり、『肉加工祭』、大市をやっていたと思ったら、あっという間に10月も末となった。

明日には『収穫祭』が開催される。俺たちの選択肢としては『エンジュの町』の酒とソーセージ。あるいは、慣れ親しんだ『エクシの町』のピザ。なお、チーズ大好きシータルは、圧倒的に『エクシの町』派である。

で、それはそうと俺はたった今、配達屋から手紙と荷物を受け取ったところ。

今回は実家からではなく、『エクシの町』のクーロウさんからの手紙だ。

内容は『クローベアが家畜を襲う被害が出た。注意しろ』である。おそらく『狩猟祭』で猟友会が頑張ったため、近隣の草食動物が減り、クローベアが餌を獲りづらくなったのだ。だから最近家畜まで襲うようになった……まあ、そんなところ。

手紙には『本格的な冬になる前に討伐する予定だ。予定が決まったら追って連絡する』ともある。その際は参加しろってことかな。

「はあ」

共生していけるのなら肉食獣は貴重だ。けれど、家畜を襲うということは、人も襲うようになるという危険が跳ね上がるということ。クーロウさんのその心配は町を預かる者として当然。

こっちとしても小さい子どもが多いから、クローベアにうろつかれるのは大変に迷惑。

見回り強化した方がいいかなー。

一応森にいるミケやミケの子どもたち、ファイターラビットにも注意を促しておきますか。

5メートルのクローベアは、さすがにあいつらでもヤバい。

「ユーお兄ちゃーん！　お昼ご飯だよー！」

「はいよ」

アーチ門の前に突っ立って手紙を読んでいたが、さすがに手先が冷えてきた。

そろそろ戻ろうか、というところにファーラの声。昼ご飯。もうそんな時間か。

「あのね、あのね、今日のパンはファーラが作ったんだよ！」

「へー、ついに俺が食べてもいいレベルに達したのか？」

「うん！　絶対美味しいから！」

そうかそうか〜。ファーラもすっかり元気な女の子だな〜。

子どもが健やかに成長していく姿は良いものだ。

「そういえば、ファーラも『エクシの町』でいいのか？」

「うん！　ファーラもピザ好きだから！」

「そうか。じゃあやっぱり今年は『エクシの町』でいいかな。『エンジュの町』は遠いし。カールレート兄さんやおじ様は拗ねそうだけど」

「ピ・ザ！　ピ・ザ！」

ぴょん、ぴょん、と跳ねるファーラ。

子どもが健やかに成長していく姿を見るのは、本当に良いものだ。

しかし、この子らも再来月には引越し。クーロウさんとドゥルトーニルのおじ様がなかなかに張り切って作っているので、施設が予定より早く完成しそうなんだってさ。

まあね、この子たちもあっという間に大人になるだろうから、職場はもちろんどんな人生を歩みたいのか、選べる範囲で選ばせてやりたい。

今のところ就職先が決まっているのはシータルのチーズ屋ぐらいだけど、『エクシの町』で働くのなら、やはり施設から通う方がいいだろう。

ニータンは計算や文字書きが順調なので、あれならレグルスのところで事務員としてやっていけると思うし、ファーラは『加護なし』を活かして、竜石学校で万が一の暴走事故防止要員になるのがいいのではないか、と勝手に思ってる。

クオンは働き者なので、クラナ同様嫁のもらい手は引く手数多《あまた》だろう。

問題はアルとアメリーだろうか。

未だあの2人の適性が分からない。特にアメリー。

ん、でも、そういえばレグルスが温泉宿を作ろうとやる気に満ち溢れていたなー。アメリーに温泉宿の女将《おかみ》とかどうだろう。あの子の朗らかな笑顔は旅人には癒《いや》しになり得る気がする。

まあ、先の話になるけれど。

「フラン、お帰り！　なにが届いたの？」

階段を登って、玄関扉を開く。野菜スープと焼き立ての小麦パンのいい香りと、ラナの笑顔のお出迎え。幸せだなぁ、と頭の片隅で思いながら、微笑み返す。

「んー、クーロウさんから手紙」

「クーロウさんから？　珍しいわね？　なんて？」

「んー……」

届いた手紙の内容はあまり幸せなものではない。だが、注意喚起は必要。だからそのまま伝える。クローベア、いい加減なんとかならないものだろうか。

「そうなの、クローベア……結構前からだけどね」

「うん、まあ。でも家畜を襲うようになったとしたら、さすがにね」

「そうねー」

「ラナ姉さん！」

「クラナ？　どうしたのよ、そんなに慌てて……」

「あ、明日！　なにを着ていけばいいんでしょうか！」

「は？」

んー？　慌てて階段から降りてきたと思ったら、開口一番着るものの話？

しかし、その慌てよう。一体なにがどうしたのか。聞けば、ダージスに明日の『収穫祭』でデートに誘われているんだって。単純に一緒に出店を回って、ピザを食べよう、的な。

その間、子どもたちは俺たちが見ていればいいし、クラナがようやく仕事の休み方を理解してきたのだから全力で応援すべき。と、ラナの鋭い眼差しが物語っている。

「わたし、地味な服しか持ってなくて……」

まあ、確かに。作業に適した服を3着のみ。

この間の大市の時も「冬服もう1着買ったら？」と聞いたら「着回せるので大丈夫です！」って言って頑《かたく》なに買わなかったし。うちの家計は大丈夫だというのに。

「あら、それなら私の服を貸してあげるわよ！」

「え！」

心の中で合掌《がっしょう》。クラナ、ファイト。

「フラン！　ご飯のあとクラナのファッションショーやるから！　感想聞かせてね！」

「うん、まあ、いいけど」

……ラナじゃないのか。

まあ、クラナの人生がかかってるし真面目に考えるけど、俺が考えたところで無意味なような。あと、なぜわざわざダージスのためにそこまでしてやらねばならないのかという。

そもそもクラナは普通にしてて美少女なんだから着飾る必要なくない？

ダージスだって、別に着飾ったクラナに一目惚れしたわけではないんだし。

「ちなみに今日のお昼ご飯はフランの大好きなオムレツよ」

「マジで!?　嬉しい！」

オムレツ美味しいよね！　ラナが作ってくれる卵料理の中でも特に大好き！

「ふぁ、ファーラのパンも食べてね!?」

「え、もちろん」

そんな風にラナは俺のやる気を起こしてくれるので、昼食後はみんなダイニングに集まって2階から降りてくるクラナとラナを待つ。

なお、シータルとアルはすでにつまらなさそう。だが、そのつまらなさそうな顔は、足音で消えた。ラナの持ってきた服もそれほど多くはないが、平民のものと比べればそれは——。

「ひゃ、ひゃあ〜！　クラナきれーい！　お姫様みたいー！」

「すごぉーい！」

「かわいい〜！」

女子たちが騒ぎ出し、男子組は目と口が開いたままになる。おお、ニータンまであんぐりだ。

確かに想像を超えてきた。化粧も施され、存外売ることもなくラナが持ち続けていた公爵家令嬢の装飾品。髪には香油で艶《つや》が出され、多分コルセットもつけてるな。

ラナにしては珍しく薄いピンク色のワンピース。瞳が赤いクラナにはよく映《は》えている。

「ど、どうでしょうか……？」

「装飾品は安いやつにしたら？」

「あら、一番安くて小さなやつよ？　これ」

マジか。さすが公爵令嬢。いや、持たせたのは宰相様だったな……！

「本物は目立ちすぎるんじゃない？」

「そう？　あ、でもそっか、『収穫祭』って踊ったりするってローランさんが言ってたものね」

それほど激しく踊るわけではないと思うが、『収穫祭』は広場で男女が1日中入れ替わり立ち替わり踊り続けるらしい。お腹が減ったら用意されている食べ物を食べ、酒を飲み、また踊る。日付が変わるまで、とにかくそれが繰り返されるそうだ。庶民の体力恐るべし。

「でも私、こういうのしか持ってないのよね。どうしよう？」

「ダージスに贈らせれば？」

アイツの家族は来ているようだし、先日の『狩猟祭』で金一封は逃していても、雌のボア1頭狩ってたしそれなりに稼いではいたはずだ。

挨拶にわざわざ来ていたが、世話を焼くつもりがないのでやんわりお帰り頂いた。

しかし、家財道具は一式持ち込んでいたらしく、それらを売って学校の側に家を建てるようだ。それまでは学校の寮を借りるとかなんとか。寮、便利に使われすぎてて笑う。

まあ、クラナの嫁入り先になるかもしれないのでせいぜい立派な家を建てて欲しい。

なのでまあ、金はそこまで心配ないだろう。

本人も竜石職人の学校で学びながら『ダガン村』出身者たちに聞いて畑を作っているというし。立派な農民になれるはずだ、多分。

「それもそうね」

「ええ⁉　そ、そんなこと！」

「あら、そこは甲斐性というやつよ、クラナ。貴族では常識だわ」

「っ、で、でも、ダージスさんはもう貴族ではありませんし……」

「それにアクセサリーの1つ2つ贈れないような男に嫁がせるつもりはないよ」

「ユーフランさん!?」

「フラン……（お父さんかしら？　早くない？　その域に達するの）」

ラナがなぜかとても優しい笑顔になった。ということはラナも同じ気持ちということだな、うん。だよね！

「ふふふ、『青竜アルセジオス』には『ネックレスをしてイヤリングをしていない女性には、指輪を贈れ』という諺《ことわざ》があるのよ。まあつまりネックレスをして、イヤリングをしていない女性は『お前に気があるから、結婚を申し込め』って暗に伝えているわけ」

へえ、ラナはその辺りの記憶はあったのか。ものすごく分かりやすい女性から男性へのアプローチの仕方。『青竜アルセジオス』の男なら必ず父親から聞かされている。

指輪かぁ。前は迷惑かと思ったけど、一応夫婦ということになってるし、やっぱり贈った方がいいかな。でも『聖落鱗祭』の時に贈るものはもう決めちゃったし。

「………………」

どうも、あの通信玉具で話してから、俺、変。

一緒にいたくて、一緒にいたくて、ちょっと辛《つら》い。いいじゃないか、って、思う。いつか嫌われて、離れる時に迷惑になったとしても――指輪を贈っても、いいんじゃないかって。

だって今、夫婦だし、恋人だし……彼女の、その特別な位置にいるのは俺なのだから、もう少し、独占してもいいんじゃないかなとか、思ってしまう。

本当にずっと一緒に、いたい。そう望んでる。

大丈夫なのか、これ、このどろっとしたもの……これが普通、なのか？

この国に来た最初の頃はこんな風に思わなかった。

一緒にいたいと、夫婦になれたことを単純にはしゃいでたあの頃が懐かしいとすら思う。

もっと、もっと、もう少し側に行きたい。

あの時のように、もっと近くで声が聞いてみたいとか——。

「そ、そうなんですか？　じゃ、じゃあわたし頑張ります！」

「正直クラナがダージスのどこら辺がいいって思ったのか話を聞いてもまったく分からないのだけれど……クラナがそのつもりなら応援するわ」

「は、はい！　いえ、あの！　わたし……た、助けてあげられなかったから！」

「！」

助けて、あげられなかった。それは、会った時に聞いた、赤ん坊の話かな。

本来『赤竜三島ヘルディオス』の児童養護施設を卒業する年齢に達したクラナが、居残りを決めた理由だ。結局あの過酷な地では、生き延びられなかったようだけど。

「ダージスさんは、ちょっとドジですけど……ちゃんと、助けているので、わたし、そこはとても、尊敬してます」

「……そう」

ラナも少し驚いた顔をした。だがすぐになるほど、と納得をした顔になる。

今ので俺も納得した。確かになんだかんだアホだと思うが、実績は間違いなくあるのだ。

「でもなんかムカつく」

「も、もー、フラン～。お父さんじゃないんだからも～。クラナ、明日は私のネックレス貸してあげる！　頑張りなさいね！」

「は、はい！　頑張ります！」


翌日。

昨日の可愛らしい格好で馬車に乗り込むクラナを、ニータンがエスコートしている。

女子組も、ラナが大市で買っておいた冬のお洒落《しゃれ》な装いでとても可愛い。

女性は『収穫祭』では着飾るものなんだってさ。

『緑竜セルジジオス』の王都の方だと、独自の衣装で祝う風習もあったはずだけど、その文化は国境沿いのこの辺りには届いていないんだろう。

なお、シータルとアルはものすごく、拗ねている。クラナがあのダージスに惚れているということがあのやんちゃ坊主たちには――ふ、複雑なんだろうなぁ！

「…………」

ん？　ファーラ、どうかしたのだろうか？　じーっと馬車の外を見てるけど。

「ファーラ、出発するから顔引っ込めな。危ないよ」

「う、うん……」

「どうかしたの？」

一応レグルスが『子どもたち用』にテント型の大型馬車を貸してくれている。

後ろを布で覆えば冷たい風も入らない。その布をめくってまで外を見ていたファーラ。

景色が見たいなら開けておくけど、座ってないと舌噛むぞ。

「分かんない。なんか、黒いの見えたような気がして、牛さんたち大丈夫かな……？」

「一応畜舎は閉めてきたから大丈夫だよ。シュシュもいるしね」

「そうだよね……」

しかし、不安そう。まあ、確かにクローベアがうちの近くに来ていないとも限らないしな。

だが、この辺は虎の住処だ。クローベアは近づかないだろう。行くとしたら畜舎側。うーん。

「とりあえず、みんなを町に連れていってからね」

「！」

うん、心配だ。まずはガタゴト馬車でラナたちを『エクシの町』に送り届ける。馬車はレグルスの店の馬車置き場に預けて、ラナは小麦パン屋に顔を出すという。

「クラナはダージスと広場で待ち合わせだそうよ」

「ん、俺ちょっと家畜が心配だから一度戻る」

「ファーラが見た影、ね。うん、分かったわ。でも、いくらフランでも熊相手に無茶しないでよ？　フランが怪我したら泣くからね」

「え……えぇ……は、はい……分かりました……」

す、凄まじい脅し文句。

「ユーお兄ちゃん、ファーラも行きたい」

「え！」

「!?　えぇ、でもせっかく来たのに？」

「だって、すなぎもが心配だし！」

「…………」

すなぎもとは、最近卵から孵《かえ》ったひよこ。ファーラがお世話を担当している。

ちなみに、命名はラナ。どういう意味なのかは、聞いても教えてくれなかった。

なお、今その命名者は盛大に顔を背けたのであまりいい意味ではない可能性が高い。

一緒に生まれてきたひよこは他に2羽いるが、そちらは「ハツ」と「テバサキ」。手羽先はさすがに俺でも意味が分かったが、まさか「すなぎも」と「ハツ」も？

「仕方ないわね。じゃあ、他の子たちは私がパン屋に連れていくわ」

「うん、分かった。じゃあ、すぐ戻るから」

家畜が心配なのはラナも同じ。生活に必要な存在だ、なにかあっては困る。

杞憂《きゆう》であるならいいが、もしファーラの見た影がクローベアなら、作ったばかりの防犯センサーを設置していくか。一応自宅の作業部屋に作り置きしてるやつあるし。ラナにアドバイスを受けて、新しいやつはセンサーに引っかかると音が鳴って光る仕組み。効果のほどは分からないが、多分クローベアもびっくりすると思う。それで逃げてくれればいいけど。

「とりあえずセンサーだけつけてくる」

「本当に気をつけてよね」

心配症だなぁ。とは思うが、心配されるの意外と嬉しい。

ファーラを手前に乗せて戻る。ルーシィはファーラを心配しているので、一瞥《いちべつ》した瞬間に『ラナの言う通り無茶するんじゃないわよ』という顔をしていた。

「そういえば、ファーラたちが住む新しいおうちも結構できてるね」

途中、左手に建設途中の建物を見る。

柵に覆われ、貴族のお屋敷級の広さ。

2階建て、赤い屋根、広い庭、遊具らしきものまで——おじ様、気合入れすぎでは。

「ファーラたちの、新しいおうち……？　ファーラたち、ずっとお兄ちゃんたちと一緒じゃないの？」

「ん？　最初に説明聞いてなかったの？」

いや、そういえばこの国に来たばかりの頃、ファーラは『加護なし』と診断されて落ち込んでいたな。人の話をそれ以降耳に入れても理解を拒んでしまっていたのかも。

仕方ないので、うちはあの新しい養護施設ができるまでの間の仮宿《かりやど》だと説明した。

するとずいぶんショックを受けた顔をされる。

「お兄ちゃんたちと一緒にいられないの……？」

「ん……そうだね。でも、ファーラたちが毎朝うちにご飯を食べに来て、うちで家畜の世話や畑の仕事を手伝って温泉に入ってから新しいおうちに帰る、それくらいじゃないかな」

「……！」

「だって『お隣さん』だしね、あの場所」

寝る場所が狭すぎるのだ。

今の子ども部屋は、クーロウさんが俺とラナの子どもが生まれた時にと気を利かせて作ってくれたのだが、正直その想像がつかない。というか想像したら死にそう。いや、死ぬ。

そもそも1人部屋なのだ、あの子ども部屋は。そこに10歳前後の子ども3人ずつ。どう考えても狭い。これから全員もっと大きくなる。手狭どころではないし、男の俺としては男3人部屋とかあと2、3年で地獄レベルになると宣言しておく。

「ファーラ、みんな大きくなる。ファーラも、あっという間に大人になるだろう。自分の部屋が欲しくなるし、今の部屋ではとても狭い。だから、新しいおうちができたらそっちに引っ越すんだ。うちで働きたいなら、うちとしても助かる。その時はお小遣いではなくお給料として働いた分を支払うし、他にやりたいことができたなら俺もラナも応援する。ファーラはファーラの、他のみんなは他のみんなのやりたいことをやっていいんだよ」

「やりたい、こと……」

「うん。あとは、そうだね……行ってみたい場所があるなら、そこに行ってみてもいい」

制限は多いが他国に行けないことはない。『加護なし』のことは伏せておくのがいいだろうが。

「まあ、俺としては、ファーラは竜石学校に通うのがいいと思う」

「え？　でも……」

「前に手伝ってくれた時、ファーラのおかげで竜石の暴走が止まったことがあっただろう？　慣れない生徒が、竜石核を作る時失敗して暴走させてしまいそうになったら、ファーラにはそれを収める力がある。普通の人間にはできないことだ」

「……あ……」

一度経験があるから、すぐにその理由には納得してもらえるだろう。しかし、それでもまだ寂しさが上回るのか俯かれてしまった。

頭を撫でて前を向く。

牧場のアーチ門を潜り、ファーラをルーシィに任せて先に畜舎の方へと向かってもらった。その間にその隣にある作業小屋に行って、作り溜めしてたセンサーを持ってくる。すでにロープに取りつけてあるので、それを畜舎の周りの柵に引っかけていく。

「………」

森の方を見る。鳥が鳴いていない。ファーラの言った通りだな。気配がおかしい。

「ユーお兄ちゃん！　ファーラもお手伝いする！」

「うん、じゃあこれ、柵のここに引っかけていって」

「分かった！」

やり方を教えて、やりかけの畜舎側をファーラに任せる。

鶏小屋のある川側は俺が……と、ゴソゴソやっていると——唸《うな》り声のようなものが『青竜アルセジオス』側の川向こうから聞こえた。

——いるな。

どうしよう、ラナには怒られるかもしれないけど、準備はとうに終わっている。

ブーツの爪先部分に仕込んである刃には麻痺毒。

拘束用の手甲。それに、『青竜アルセジオス』側ならばまだ『青竜の爪』も使える。

「ブルルルルゥ……！」

ルーシィが不機嫌そうに足を鳴らす。分かってる、とにかくファーラを家の中に入れて……。

「ヒヒィイィン！」

「ふぁ!?」

「!?」

ルーシィが嘶《いなな》く。

前脚を高らかに持ち上げてから、ファーラの首根っこを咥《くわ》えて柵の中へとジャンプした。

その瞬間、巨大な影がファーラとルーシィのいた場所を覆う。赤い目をギラリとさせた、その巨大生物。手が大きく、爪と牙は鋭く長い。分厚い毛に覆われた——これが……！

「ヒィン！」

「サンキュー、さすがルーシィ、デキルオンナ」

「ヒィイィン！」

ほーい、とばかりにルーシィがファーラを俺へ放り投げる。ファーラを受け取って、ルーシィの背中に乗せた。ファーラにギョッとされたが、その意味をルーシィはすぐに理解する。反対に、ファーラはなにが起きたのかまったく分かっていない顔だ。

柵を飛び越えて、こっちへ突進してくるクローベア。思ってた以上に速い。まあ、でも——。

「ルーシィ」

「きゃう！」

ファーラを乗せたままルーシィはアーチ門の方へと駆ける。クローベアの標的はすでに俺になっているようだ。とはいえ、『青竜の爪』で串刺しは毛皮が取れなくてもったいない。

奴が勢いのままジャンプした瞬間、いっぺんしゃがんでブーツ爪先の刃を両方出す。

俺がしゃがんで一瞬驚いたようだが、5メートルもある体だ、手を振り向きざまに振り払うようにすれば届く。——俺が避けなければな。

「ぎぃあぁおおぉぅ！」

でかい分、動きが読みやすい。そして、手がマジででかい。成人男性1人分くらいある。

だがそれだけでかいものを振り回すのには当然、タイムラグが発生するわけで。

「ほっ」

『青竜の爪』を1本だけ出す。それを踏み台にして、跳ぶ。

両手を持ち上げようとしていたクローベアは、俺が真正面から跳んでくると思わずギョッとしている。その見開かれて大きくなった的《まと》、もとい目にしゃがんだ時に掴んだ砂を浴びせてやった。

「ギャーァァア！」

大口開けて待機していたので口にも入ったっぽい。で、その怯んだ瞬間に身を捻って左目に靴の爪先の刃を叩き込んだ。

手がでかいので顔をガードするのは間に合わなかったクローベア、どんまい。と、思いつつ、もう一度逆に身を捻り反対の目にももう1つの爪先の刃をえいっとね。

「ぐぁあぁぁ！」

「！」

『青竜の爪』で、叩きつけてこようとしたクローベアの掌を防ぐ。

これ、側面に触れると切れるのでクローベアの掌からは血が舞う。

その間に着地して距離を取り、最初に出した『爪』でクローベアを地面に叩きつける。

「ぎゃーおおぉ！」

腰に下げておいた大型ナイフを取り出し、あとは麻痺毒が効いてくるまで待つばかり――。

「！」

あっぶね。咄嗟に避けたけど、嘘だろ！

「チッ……」

右手が思いっきり掠った。服が裂けて血が出る。続け様《ざま》の攻撃は『青竜の爪』1本で防げたが——これは予想外。

「クローベアが、もう一体⁉」

「がるるるるるっ……」

ちらりと、地面に押しつけてあるクローベアを見る。

あれはクーロウさんが言ってた『5メートル』の奴。そして、俺を後ろから襲ったこいつは『3メートル』程度。まあ、クローベアにしては標準サイズだろう。

「…………」

もしかして、元々この森にいた奴か？　5メートルの余所者が入ってきたことで、警戒のためにうちの側まで来ていた？　で、俺を狙った5メートルがテンション上がっちゃったのを見て、こいつもテンション上がっちゃった、と。そんなところかな？

ん、ちょっとヤバイ。麻痺毒塗った投げる用のナイフはまだポシェットの中にあるけど、利き腕怪我したからちょい不安。5メートルの奴よりも小柄な分速い。これは——毛皮を諦めるしかないかも。

「はーぁ……もったいない……。いい値で売れるのに、なぁ」

「ぐるあぁぁ！」

『青竜の爪』、３本目。それを取り出して、側面から先端で貫く。

３メートル程度のクローベアならそれで終了。

「さてと、こっちはそろそろ麻痺が効いてきたかな？」

仕方ない、こちらを綺麗に剥ぎとればいいか。

血抜きもして、ラナが言ってたボア鍋ならぬベア鍋にしてやろう！　３メートルの奴も損傷は激しいけど、子ども部屋の敷物くらいにはなるかな？　ちょうど真っ二つだし。

「じゃ、やりますか」

サクッと5メートルの奴にとどめを刺し、『青竜の爪』を使ってその巨体を持ち上げる。

あ、どうしよう。めちゃくちゃ放牧場を血塗《ちまみ》れにしてしまった。

あと、5メートルの奴の血抜きするのにデカめの桶が欲しいけど、うちにその大きさのやつ、ないな。やはり先にクーロウさんに報告をするか。

「ユーお兄ちゃん！」

あれ？　ファーラが走ってくる。ルーシィと学校の方に逃げたと思ったの、に——……。

「お兄ちゃん！　怪我！」

「ファっ……ファーラ……その、目……⁉」

「？」

俺の知るファーラの目は、茶色かった。『赤竜三島ヘルディオス』から来た子どもたちの中では金髪茶目と比較的珍しい髪色ではあるが、この国で疎まれる色ではない。

だが、駆け寄ってきたファーラの瞳は――金色になっていた。

金色の瞳。そう、それは――。

「ば、馬鹿な……『聖なる輝き』……⁉」

なぜ……？　ファーラは『加護なし』のはずだ⁉　『聖なる輝き』を持つ守護竜の愛し子とは相容《あいい》れない、守護竜の加護を得られないんじゃないの⁉

でも、毎日見ていたから間違えようがない。ファーラの瞳が茶色から金色に変わっている‼

「お兄ちゃん？　ど、どうしたの」

「……っ」

ファーラには自覚がないのか？　おいおい、これ……ちょっと頭を抱えるとかそんなレベルじゃない。この俺が、天を仰《あお》いだ。ああ、空が青いなぁ。

「……っ……、……ファーラ、ちょっと待ってて」

「？　う、うん」

家の中から帽子を持ってくる。気休めだが、ないよりはいい。

困ったな、どうしよう？　うーん、いや、まずは確認だ。

「ファーラ、これ、触ってみて？」

「？」

持たせたのはセンサーの竜石道具。

うん？　これまで通り、ファーラが触れると竜石は微かな光すら失うな？

『聖なる輝き』を持つ者——守護竜の好む清らかな心、もしくは魂《たましい》の輝きを持つ者。

その存在は『加護なし』同様解明されていないことも多いが、少なくとも守護竜の好む心を持つ者は先天性、魂の輝きは先天性だったり後天性だったり、清らかな心を持つ者は後天性でも『守護竜の愛し子』になるとか、そんな曖昧な説が多い。

まあ、あれだ。『守護竜の愛し子』様を持ち上げるために、色々尾鰭《おひれ》がついているのだろうとは——思っていた。でも、少なくとも……俺も、守護竜に関わる家の者ではあるが、『加護なし』が後天的に『聖なる輝き』を持つ者になったという話は聞いたことがない。

それに、相変わらず竜石の力は打ち消されている。

い、一体どういうことだ？　守護竜の加護——竜力を強めるはずの『聖なる輝き』。

ファーラは、相変わらず『加護なし』。

「？　？　？」

「お兄ちゃん？」

守護竜の好む魂の輝きを、心の清らかさを持つ者は、金の瞳となる。

これまで言われてきた、それらの『守護竜の愛し子』基準は……まさか根本的に間違っていたのか？　いや、もしかして――『聖なる輝き』は瞳のこと？

確かに世界創造の『王竜クリアレウス』の瞳は金であった、という話は全世界共通。

そして、これまでの『守護竜の愛し子』も金の瞳が最大の特徴とされてきた。

と、とはいえ、ファーラは『守護竜の愛し子』と真逆の特性を備えたままだ。

金の瞳が『聖なる輝き』だとして、これでは『守護竜の愛し子』とは言えないような？

親父ならばなにか知っているだろうか？

というか、どうして『聖なる輝き』を持つ『守護竜の愛し子』になった⁉　きっかけがあったハズだろう⁉　ルーシィと逃げる前は普通、だったはず……なんで？

「ファーラ、なにか変になったの？」

「ファーラは自分の瞳の色を覚えてる？」

「？　ちゃいろ！」

「今金色になってるんだよ」

「え？　え!?」

本人も驚くことだ。一時的なもの、だろうか？　ファーラが『清らかな心』を持っていたから、一時的に『聖なる輝き』を持つ者のようになっている、とか？　だが、それなら『加護なし』の特徴が治っていないのって。

「…………」

天を仰いだ。

見上げて、浮かんだ考えをなんとか消し去ろうとする。しかし、他に考えられない。

『聖なる輝き』を持つ者とは、なんらかの理由で瞳が金色の者を指す。

そして——守護竜の加護、竜力を強める力など……ない。

嫌な汗がぶわりと溢れる。まさか。そんな？　そんなはずは？

「っ」

もしも、それが……本当に、そうなのだと、したなら……今、世界に存在する、すべての『聖なる輝き』を持つ者は——。

い、いや！　もしかしたら、ファーラが特別なのかもしれない。

たまたま、かもしれない。まだ覚醒《かくせい》して間もないから、その力がないだけ、とか。

「金色になると、変なの？」

「ファーラ、よく聞いて。瞳が金色なのは――」

ひとまずファーラに説明をして、今後どうしたいのか意思の確認をしておく必要がある。

この世界では、『聖なる輝き』を持つ者は王族並みに優遇されるのだ。

それは『聖なる輝き』を持つ者が竜力という加護を強めると言われているから。

統計的にもそれは事実であるはず、なんだけど、もしそれらが捏造《ねつぞう》なら？　もしそれがただの偶然の積み重ねだったら？　権力者たちがただの『象徴』を欲しているだけだとしたら？

考えれば考えるほどきりがない。

『聖なる輝き』を持つ者の意思は尊重される。大丈夫、ひどいことはされない。

今よりずっといい暮らしができるよ、と――そう言いながらも。

いや、うん、大丈夫だ。トワ様は守護竜の背に乗ったとか言ってたし。

でもトワ様が『王族』だから背に乗せられたということも。

ううう、しかしどのみちいずれ町の人にはバレるだろうし、そうなればドゥルトーニルのおじ様も知るところになる。おじ様、定期的に様子を見に来るだろう、あれは。

そうなれば『緑竜セルジジオス』王家の耳に入るのも時間の問題。『緑竜セルジジオス』は今、『聖なる輝き』を持つ者がいないから、すさまじい速度で飛びつく予感しかしない。とはいえ『緑竜セルジジオス』には王子もいないし、するとしたら養子に迎えたい、くらいか。

王家の養子とかとんでもねーよ。トワ様ともそこまで歳は離れていないから、『黒竜ブラクジリオス』も婚約者を変えるという方法も視野に入ってくるだろうな。

「イヤ！」

「い、いや⁉」

「ファーラお兄ちゃんたちのとこにいたい！」

「え、ええ？」

まさかの拒否⁉

「クラナやみんなと一緒にいたい、ユーお兄ちゃんとエラーナお姉ちゃんとも、一緒がいい！貴族のところになんか行きたくない！」

「でも、お腹いっぱい食べられるし、ドレスも着られるよ？」

「いらない！」

まあ、貴族の生活も楽ではないから無理に勧める気にはなれないけれど。

まさかこんなにも全面的に拒否られるとは思わなかった。

ああ、そうか。この子は、ファーラはもう自分の幸せな生活に関して、理解しているんだな。

この子にとっては今以上に幸せな生活はないのか。そのことを自分自身で理解している。

「そう……か……」

『聖なる輝き』を持つ者の意思は尊重されなければならない。無理強いをすれば、その土地の守護竜が怒る。ファーラが今の生活を続けたいというのなら、国も周囲もそれに従うべきだ。

だが、1つだけ。

「ファーラ、それじゃあもしも、みんなの中の誰かが貴族になって、ファーラにも貴族になれって言ってきたらどうする？」

「え？」

「『聖なる輝き』を持つ者――『守護竜の愛し子』はそういう存在なんだ。たくさんの人間がファーラを欲しがるだろう。それこそ、ファーラの周りの人間を利用してでも。ファーラはそう思っていても、周りはそうじゃないかもしれない。いい暮らしがしたいって思ってる奴もいるだろう」

思い浮かぶのはアルだけど。アメリーもなに考えてるのかいまいち分からないが……まあ、どちらにしても〝今〟ではない。〝いつか〟だろう。

物事に利益不利益を感じるようになれば、それは他者がつけ入る隙になる。

いつまでも子どもではない、というのは、そういうことでもあり、その汚さを覚えることが大人になり、生きるということだ。

リファナ嬢も親に金で学園に売られたも同然だったというしね。本人はその辺を「親が裕福になって幸せならば」と捉えてるらしいけど。

「お兄ちゃんたちも？」

「俺たちはそういうものが嫌で、ここに来たからな」

「じゃあ、ファーラお兄ちゃんたちといたい……」

聡《さと》いな、と思う。

淡い茶色は見る影もなく金色に染まった。それを潤ませて、ほどなく決壊した涙は礫《つぶて》になってぽろぽろと地面に落ちる。太陽の光で反射するそれがなるほど、『聖なる輝き』――言い得て妙だ、と納得する材料になってしまった。

「町に行こうか」

「……うん」

ん、右手が動かしづらい。そう思ったら……あ、怪我してたんだった。

「…………」

スーッと、今更ながら血の気が引く。

ラナに、怒られる。

5章　困った人

「どうかしてんなぁ、と思ったが」と、クーロウさんにそんな前置きを頂いたあと、レグルスの商会店舗3階に連れていかれ、呼び出されたメリンナ先生に右腕の手当てをされる。

商戦真っ只中のレグルスにも「なんでよりにもよって今日なのヨーー！」っと叱られるし、グライスさんにも「そんな腕でエフェクトを刻めるのかぁ！」と怒られた。

牧場のベアたちは、クーロウさんにより猟友会の人たちが回収に行ってくれることになったのでお任せする。

3メートルのクローベアは駆除対象ではなかったものの、うちの牧場に入り込み、俺を襲って傷つけた、ということで殺してしまったことは『防衛』と見做されて不問とされる予定。

え？　それを狙って腕を怪我したんじゃないかって？　ラナには内緒にして頂きたい。

「くおおおぉらあああぁぁぁ！」

——の、だが……すさまじい音を立てて、扉を開くなり鬼の形相のラナが飛び込んできて体が固まる。メリンナ先生はその姿を見た瞬間、にんまり笑って俺の左肩を叩く。

その上で、親指を立てて「頑張れ」と謎の励ましを置いてすたこらと部屋から逃げ去る。

くっ、素晴らしい危機察知能力……！

「……あ、えーと……子、子どもたちは……」

と、聞いたが、扉の方から覗き込んでいたクオンやアルがラナの怒声でサッと姿を消す。

アメリーがニコニコ手を振り、シータルとニータンがまるで「健闘を祈る」とばかりの顔で扉を閉めやがった。なんなのあいつら天才かなにかなの。

「ユーーーフラーン？　わたくしの言ったことをお忘れなのかしら？」

「ひぇ……い、いいえ……」

「無茶しないでって言いましたわよねぇ？」

「は、はい」

あれ、未だかつてないほどにめっちゃ怖い。腕を組み、笑顔。

泣くって言ってなかった？　いや、泣かれても困るけど！

「……っ……!!」

ドス、ドス、と淑女《しゅくじょ》とは思えない足取りで俺の座る窓辺のソファーまでやってくる。

そして、腕を組んだまま……笑顔のまま俺の右側に座った。

どすん、と。怖い。怖くて隣が見られない。

い、いつもなら眺めていられるだけで幸せだったのに！　圧が！　無言の圧がすごいっ！

「…………………」

「……えーと、その……ごめん？」

「なにに対して謝っているのかしら？」

恐る恐る、目線だけで隣を見る。笑顔は消えていた。無表情で見上げられていて、背筋が冷えていく。い、いやいやいやいや怖すぎでしょ……クローベアより、親父より怖い！

ちょっと頭が上手く働かなくなってる。

どうしよう、どうしたらいい？　対処方法が全然分からない！　やばい、変な汗がめちゃくちゃ出てきた……どうしよう、どうしたらいいのこれ本当に——だ、誰かタスケテェ！

「…………………」

「………………、……え、えっと、その……む、無茶して、ごめん……？」

上手く働かない頭で、それでもなんとか今日のラナの言葉を思い返して謝った。

だが、ラナの眼差しは鋭いまま。え、えぇ……違うの～？

「……フランは分かってないのよ」

「は、はい？」

「あのね、フラン、わたくし悪役令嬢なの」

「？」

え、それは、はい、一応存じ上げております？

でも、正直そこまでの無茶をしたつもりはない。怪我だってかすり傷だ。

あの程度、避けようと思えば避けられた。

ただ、俺が怪我をしていた方が、正当防衛という言い訳が使えるようになるので都合が良かっただけで。と、言えばもっと怒らせそうなので言わないけど。

「今のところ『邪竜信仰』にも関わっていないし、お父様が陛下に毒を盛るとかそんなストーリーにもなっていないみたいだけど、それでも、よ……わたくしが卒業パーティーの日にアレファルドに言われた言葉は一言一句、原作小説ともコミカライズ版とも同じだった。あなただけが、わたくしの知る物語にはいないない存在だったの。これがどんな意味かあなたに分かる？」

「え、えーと？」

「あなたと一緒なら、わたくしは物語のように破滅しないんじゃないか、って……そう思うの。でもあなたはこの世界を成り立たせる因子《ファクター》でもあるから、わたくしの破滅そのものでもあるのかもしれない」

「え……」

言われた言葉に、思わずラナの方を振り向いた。

ラナは俯いて、深刻な顔をしている。いや、ラナが——『悪役令嬢』という言葉に囚われていることはある程度分かっていたけれど、俺がラナを——破滅に？

「でも、でも……あなたがわたくしを破滅させる、その運命のためにもし、死んだりしたら……わたくし、私——そんなの本当に、自分を許せなくなる。だからあなたにも、無茶して欲しくなかったのに……」

「………ごめん……」

それは心の底から出た言葉。まさかそこまで……。

「それを差し引いても——」

「？」

あれ？　声のトーンが変わった？

「す、す、好きな人が怪我をしたら！　普通に、不安で！　し、心配で！　悲しくなるのよ！」

「っ！」

「フランのアホオオォ！」

「す、すみません！　ごめんなさい！」

本当に泣いたぁぁぁ!?

「ふぇ、ふえっ……！」

「ラ、ラナごめん、ごめんなさい……本当に反省したので泣き止んでください」

「ズビィーーー！」

あれから10分ばかり、赤ん坊のように泣き喚《わめ》いたラナ。時折扉の前に人の気配を感じて「助かった」と思ったが、ラナのギャン泣きに無言で立ち去っていく。おのれ。

おかげでこの階から人の気配が消えた。おのれ。

必死に謝って、ラナが自分のハンカチに鼻水を噴射すると、ようやく息を吐き出した。

「ふ……普通ここは抱き締めて慰めるとかするものじゃないの……」

「えええええぇ!?」

そして第一声がそれ!?　突然の高難易度要求!?　そ、そ、そんな！　抱き締めて慰める!?

「ふ、普通、なの？　それ、が？」

俺は普通が分かりません、ラナさん。女の子とまともに話した回数も少ないし。

そう聞くと赤い鼻のままじとりと睨まれた。

「分からないけど、そうして欲しいって、わたくしは思ったから……」

「っ！」

こてんと、ラナの頭が胸元に……ぶつかってくる。

近い。これまでにないぐらい、近い。そんなところ、俺の心臓の音めちゃくちゃ……バレる！

「フラン……わたくしもっと恋人っぽいことしてみたい……」

「こ、恋人っぽいこと……」

そ、それは、それは、俺も……俺だって——でも、どんなことを、どんなタイミングでどうしたらいいのか分からない。

ラナに嫌がられたり嫌われたりしたくない。けど、触れてみたいと思ったことは多いし、最近も、変な感じ。ラナの側に、もっと近くに……いたい。

「！」

そうっ、とラナの手が、俺の背中に回された。

熱い。手が行き場もなく持ち上がって、宙で止まる。どうしよう、どうしたらいい。

「ふ、触れたら……俺……なんか……、なんか……だめになりそうなんだ……」

「？　どういうこと？」

「分かんない。ただ、なんか、抑えてたものとか……よく分かんない、どろっとしてて、君のことを、離したくなくなって、それから、その、分かんない。自分がどうなるか……不安……」

傷つけてしまうんじゃないだろうか。って、思う。

息を、吐く。ラナの手が強くなった。

「本当に見た目と中身のちぐはぐな人ね」

「…………」

「わたくしを誰だと思っているの？　エラーナ・ルースフェット・フォーサイスよ。『青竜アルセジオス』の宰相の娘で、ルースフェット公爵家の1人娘で……あなたの妻よ」

ぎゅう、と心臓が痛む。握り潰されたかのようだ。

「あと、『守護竜様の愛し子』の悪役令嬢」

その肩書は今つけ加える必要が果たしてあっただろうか？

「フランはもっとわたくしを頼っていいし、甘えていいし、信じていいわ。その、わたくしもあなたのこと、もっと、信じるし……えーと、あと、うん……こんな風に、触れても、いい、かしら？」

「……………」

驚いた。驚いたあと、息をほんの少し、吐いた。とても熱い。体にこもった熱が少しだけ出ていく。それでも、溜まったものが出たわけではない。

とても細く、柔らかい。抱き締めて、抱き締め返す。壊れそうだな、と思った。

「なんであなたが泣いてるの」

「……なんで、俺が、泣いてるって、分かるの……」

「……なんとなくかしら？」

背中を撫でられる。幼子《おさなご》をあやすように。そんなのは俺だって分からない。

自分がどうして泣いているとか、そんなの、分かるわけがない。

きっと、多分……君とあと2、30年一緒にいないと、理解できないと思う。


「全治3週間よ」

「ええ⁉　そ、そんなに⁉」

「当たり前でしょう？　クローベアの爪で引っかかれたのよ？　普通なら腕が吹っ飛んでても
おかしくないけど……」

と、まじまじとメリンナ先生は俺の右腕を見る。隣のラナが、なんとなく目を細めて見てい
て変な感じ。

えー、3週間～？　そんなに深くないはずなのに～？

「むしろ、3メートルのクローベアのあの死に方もちょっと不自然というか……」

……やべ。

「あれは、5メートルの奴が興奮して3メートルの奴を横からグシャッと」

「なるほど？　確かにかなり大きな爪でやられたようだったみたいだしねぇ」

「メリンナ先生、アレ見たのか……？」

「いや、クーロウさんの話から、だけどぉ」

ふむ、メリンナ先生がそこを気にするってことは、クローベアの死に方にクーロウさんたち猟友会も相当首を傾げてた、ってことかも？　ちぇ、やりすぎてしまったなぁ、やっぱり。

「クーロウさんといえば、ファーラのことなんだけど、メリンナ先生、あの子……」

「…………。そうねぇ」

「？　ファーラ、怪我したの？」

「いや。ラナはまだファーラに会ってないの？」

「真っ先にあなたのところに来たのよ」

「うっ」

むに、とラナに頬を摘まれて引っ張られる。ううう、すみませーん。

しかし、メリンナ先生はすでにファーラの変化を理解しているようだし。

「ファーラ、なにかあったの？」

「え、ちょっとなに？　メリンナ先生もなにか言ってくださいよ」

「…………」

「見た方が早いわ」

「……っ」

その言い方、不安を煽《あお》るのでよくないと思う。

そう思いつつ、ラナと共に2階の空き部屋へと向かう。メリンナ先生がファーラを見た瞬間、レグルスに指示して2階のこの部屋に移した。

部屋の中には子どもたちが揃ってる。クラナは……いない。みんなクラナのデートに気を遣ったんだろう。俺とラナが入ってくるなりクオンが「仲直りした？」と、いけしゃあしゃあと。

お前ら、俺を見捨てていったくせに。

「お前ら俺のことを――」

「あ！　そーだ！　大変なの！　ファーラ目の色が金色になっちゃったの！」

「え!?」

クオンの言葉に驚いた顔をしたのはラナだけだ。俯いていたファーラが恐る恐る顔を上げる。

金髪と金の瞳――ラナには、少し、嫌な思い出のある色だろう。

「ファーラ、が……『聖なる輝き』を持つ者……？」

「それがそうとも言い切れないのよ」

「？　どういうことですか？」

メリンナ先生は竜石を取り出す。ほんのりと緑色と分かる色。

それをファーラへ手渡すと、緑色はほぼ黒になった。

「え！　えええぇ!?　どういうことなのーーー!?」

ですよねー。っていうか、この世界を『小説の世界』というラナでさえこの反応。

やはりファーラは普通の『聖なる輝き』を持つ者とは違う、のか？

「メリンナ先生の知識でもやっぱり初めての症例？」

「初めての症例どころか……まあ、『聖なる輝き』を持つ者自体、あたしは初めて見るのよねぇ」

マジか。

俺は『紫竜ディバルディオス』のティム・ルコー、『黄竜メシレジンス』のハノン・クラーク、『青竜アルセジオス』のリファナ嬢、『黒竜ブラクジリオス』のトワ様と、ファーラで5人目。しかし、やはりこれはちょっとね。

『黄竜メシレジンス』の王子のことはいい……頼む、記憶と意識から消えてくれ……。

「フ、フラン？　傷が痛むの？　辛そうな顔してるけど……」

「ううん、大丈夫……」

「ほ、本当に？」

ぶんぶんと顔を振って、飛んでけ、マジ飛んでけ、二度と蘇《よみがえ》ってくるな。

今はファーラのことの方が圧倒的に大事！

「ただ、『緑竜セルジジオス』王家に報告はしなければいけないわ。瞳が金――『聖なる輝き』

を持つ者の特徴だもの。違うなら帰してくると、思うけどね」

「だよなー……」

「ファーラ……」

問題はもう1つ。ファーラが王家の人たちに『加護なし』だとバレること。

金の瞳を持ちながら、『聖なる輝き』を持つ者としての力がないのであれば、期待外れもいいところだ。だが、その容姿は十分に活かすことができる。

この国に限らず、子どもを攫って売るゲスな奴はどこの国にもいるものだ。買うクズがいる限り、供給源はなくならない。で、主に買うのはそういう趣味の貴族。

貴族がこの容姿を——自分の成り上がりに使わない手はない。

喉《のど》を潰されれば声は出ず、まだ読み書きもたどたどしいファーラは、他国に売られればあっという間にその国の2人目の『聖なる輝き』を持つ者に祭り上げられるだろう。

そうなれば、平民が手など出せるはずもない。頑張ればいけそうだけど、俺は。

「…………………」

メ…………『黄竜メシレジンス』以外なら……。

「その時は、私もついていくわ！」

「ラナ！」

「エラーナお姉ちゃん……」

「だって1人にさせられないじゃないっ」

「うん、まあ、その時は俺も行くけど」

この国のロザリア姫はトワ様と婚約している。トワ様と今のファーラはあまり会わせたくないな、いろんな意味で。

「ファーラ、どうなっちゃうの？」

「この国の偉い人に会わなきゃいけないのよぉ、金の瞳になった子は『守護竜の愛し子』——『聖なる輝き』を持つ者だって言われてるからね〜」

酒瓶を直に口につけてごくごく飲んでから、ファーラに答えるメリンナ先生。この人のことは腕もよく知識も豊富な素晴らしい医師だと思うけど、頭を抱えるほど教育に悪いな。

「それって、すごいのか？」

「そうよぉ、世界に片手の数しかいないいんだから〜」

シータルとアルが顔を見合わせる。ファーラは不安そうにクオンにくっつく。

平民には、イマイチピンと来ないだろう。

「クーロウさんが戻ってきたら、ドゥルトーニル伯爵に連絡して、伯爵からお城に連絡すると思うから……まあ、早くても会いに行くのは再来月だと思うけど」

「そんなに時間がかかるかしら？」

「だってここから王都まで早馬でも4日。向こうの返事待ちで何日になるか分からないでしょ。ついでに言うと、ファーラたちの国民権の返答もまだだし」

「あ、そういえばそれもあったわね」

「まあ、ファーラが『聖なる輝き』を持つ者になった以上、国民権は即発行されるだろうけど。この国、30年くらい『聖なる輝き』を持つ者が現れてないとか言ってたし」

そうね、とメリンナ先生が頷く。

ただ、ドゥルトーニルのおじ様は辺境伯だけあって優秀な人なのだ、あれでも。

連絡すっ飛ばしてファーラを王都に直で連れていく、くらい言いそう。

そういう行動力もあるし、おじ様としてはそれがファーラのためにもなると思うだろうし。

「ねぇねぇ～」

「なぁに、アメリー」

「せいなるかがやきって、悪いことじゃないの～？」

「悪いことではないわ。ただこの国だけでなく世界全体でも重要なことなのよ。……私だけでは、決められないぐらい……」

「ふーぅん？」

聞いておいてまったく理解していなさそうなアメリーだが、ややアホのやんちゃ坊主たち以外はどことなく『とんでもないことになっている』というのだけは理解してくれてるようだ。

ふむ、しかしこの状況は少し困ったな。

俺は怪我してるし、ファーラは『聖なる輝き』を持つ者になったから牧場に帰してはもらえないだろう。クローベアの血で生臭いだろうし、家畜たちが心配だから帰りたいんだが。

「このあとどうする？」

ラナはどうしたい、という意味で聞いてみた。

腕を組んで「うーん」と思案顔のラナの可愛さよ。突き出した唇がとても可愛い。ラナ、可愛い。…………なにを相談してたんだっけ？

「おい、今から『エンジュの町』へ行くぞ。その子を連れてこい。馬車は表に用意してある」

「！」

「クーロウさん」

後ろのドアから入ってきたクーロウさん。牧場の方は猟友会の人たちに任せてきたのだろう。

いや、まあしかし、今からとは急すぎないか？

「いやだねぇ、クーロウさん。今からはさすがに急じゃあないかい？」

「メリンナ、お前はこの子らをうちへ連れてって、俺が戻るまで面倒を見るように伝えてくれ。俺はこの子をドゥルトーニル伯爵に預けたら明後日には戻ってくる。一応この子の保護者はあのクラナという娘と、レグルスだろう？　レグルスはどうした？」

「ん……表で酒を飲んだ従業員がトラブル起こしたってんでぇ、出てるよ。クラナは意中の男とデートじゃなかったかね？　野暮《やぼ》はなしにして、『収穫祭』くらいゆっくり……」

「そうしてやりたいのは山々だが、『聖なる輝き』を持つ者が現れたら1秒でも早く王族に紹介するよう、勅命《ちょくめい》が出ている。無理強いはできないが」

と、クーロウさんは困ったように俺とラナを見た。

そうだなぁ、王家の勅命——しかし『聖なる輝き』を持つ者に無理強いをすることは、それはそれで許されない。なにしろ守護竜は『聖なる輝き』を持つ者を〝見ている〟という。

この国の守護竜は竜力の感じからして穏やかな性格な気がするが、怒らないとも限らない。トワ様を助けた時に見た『黒竜ブラクジリオス』の姿は——あれは人間にはどうすることもできないものだ。あんなのが怒って暴れたら、そりゃあ国の1つ2つ、軽く滅ぶだろう。

正直、幼い頃に読み聞かされてきた守護竜が暴れた伝説とか、お伽話《とぎばなし》らしく盛ってんだろうと思ってたけど、『黒竜ブラクジリオス』の実物——シルエットを見ただけで『エクシの町』

からうちの牧場まであった城壁が壊されたって話も、むしろ納得。

つまり、ファーラが本当に『聖なる輝き』を持つ者なら、無理に王族に引き合わせることは『聖なる輝き』を持つ者の意に反する、イコール破滅……。

しかし、世話になっているクーロウさんやおじ様の立場ってもんもある。

なので選択肢は1つ。

「そうだな、俺が一緒に行くよ」

俺がファーラを説得して、一緒に『緑竜セルジジオス』王都『ハルジオン』へ行く。

やだなー、面倒くさい。

「私も行きます！」

と、ラナが挙手する。

マジか！　ラ、ラナ様〜〜〜!!　あああ、もうホント好き！　心強い！

「よし、ドゥルトーニル様の家に行って、そこで色々準備を整えてから王都だな。悪いが頼む」

あのクーロウさんが、なんと俺に頭を下げる。ちょっとびっくりした。けど、それほどの事態なのだ。平民出の『聖なる輝き』を持つ者を、王族に引き合わせるというのは。

正直ここの王様は曲者《くせもの》だ。俺とラナが行ったところで……と思う。

だがファーラ1人よりはよほどいい。クラナには残った子たちの面倒を見てもらえればいいし、この子らが残っていれば牧場の方も大丈夫だろう。

「来月の半ばくらいには帰ってこられると思うから、頼んだよ」

「う、うん、分かった。ファーラ、気をつけてね。クラナにはあたしが伝えておくから大丈夫」

「うん……」

心配そうなクオンがファーラの肩に手を置いて、額をこつんとくっつける。

ファーラは聡い子だから、俺が噛み砕いて説得する必要はないみたいだ。

この国の王族に謁見《えっけん》するのは「仕方ない」と納得はしているが、行きたくはないのだろう。

「……………」

ニータンに見上げられた。すんごい真顔。あーはいはい、ファーラを絶対に守れ、ってことな。この家族過保護くんめ。言われるまでもない。

「大丈夫だよ、俺も行くわけだし」

「でもユー兄ちゃん今怪我してるじゃん」

「……………」

ぐうの音も出ない真実。

「本当よね。でもフランって色々反則だし、私たちも監視してるから大丈夫よ」

「うっ……」

「ならいいけど。ユー兄ちゃん、無茶しない方がいいよ……二度と」

「うっ……」

ものすごい突き刺さる眼差しと言葉！　こ、こんにゃろうっ！

「よし、あとのことは若い奴らに任せて行くぞ」

「分かりました。行きましょう、ファーラ。大丈夫よ、お姉ちゃんたちが一緒だから」

「そうだね、まあ……こう見えても元貴族だから、王様に会うことになってもなんとかするよ」

「う……うん！」

もう1つの問題は、あれだな。ラナの誕生日が、モロに移動期間に被る。

せ、せっかくグラス予約したのにぃ〜〜〜！


それから馬車で移動——ほぼ深夜に『エンジュの町』にたどり着く。とはいえ『エンジュの町』もまた『収穫祭』で夜通し踊り明かしているものだから、町自体はそりゃあもう明るい。

しかし、ファーラはお子様なのでラナの膝に頭を乗せて寝た。え、別に羨《うらや》ましくはないけど？

『『聖なる輝き』を持つ者が見つかっただと？』

そして、今いるのはドゥルトーニル家のお屋敷前だ。俺としてはファーラとラナを1晩ベッドでちゃんと休ませたい。ラナもさすがに疲れたのだろう、ファーラの頭を膝に乗せたまま船を漕《こ》いでいる。さすがにほぼ半日馬車に揺られていたのだ、体が辛いだろう。

玄関前でおじ様とクーロウさんがファーラに関して話をして、それをカールレート兄さんが横で聞いている。3人とも表情は険しい。

理由は言わずもがな……ファーラが『加護なし』だからだ。

「とにかく今夜は夜も遅い。体調を考えて泊まらせろ」

「分かりました。俺ァ、このまま町に帰ります」

「ああ、馬車は明日にでも返そう。…………」

と、窓からおじ様が俺に『出てこい』と顎をしゃくった。へいへーい。

「ラナ、おじ様のところに着いたよ。今夜はここに泊めてもらうってさ」

「んぁ」

はあ？　可愛い。……じゃなくて。

仕方ない。寝ぼけて転ばれても困る。ドアを開けて足場をしっかり確認してから、ラナの背中と膝に両腕を滑り込ませて持ち上げる。

ふぉ、あったけぇ……。

ラナの上にいたファーラはカールレート兄さんが抱きかかえて連れてきてくれた。

「……ん？」

屋敷の玄関に灯《とも》った明かりで目が覚めたのか、ラナが片目をぼんやり開ける。

おじ様が玄関を開けておいてくれて、数カ月ぶりにドゥルトーニル家のお屋敷に入った。

「え？　え？　えっ⁉」

「あ、寝てていいから。おじ様に許可もらってるし、前使ってた部屋で今日はゆっくり寝ておけってさ」

「い、いや、あの……そ、そうじゃなくて……（おおぉ姫様抱っこおぉっ！）」

「あんまり動かないで。落としたら大変」

「うっ」

まあ、落とさないけど。それにしてもふかふかでぽかぽか。

寝てたからだろうけど。やっぱり今夜はゆっくり寝よう、明日からしばらくは移動が続く。

ファーラも『赤竜三島ヘルディオス』以来の長距離移動でくたびれるだろう。

「ま、待って！　へ、部屋には自分で入るし、き、着替えるから！」

「え？　あ、そうか。ごめん」

2階に上がり、以前ラナが借りていた部屋に入ろうとしたら止められた。その通りだ。淑女の部屋に無断で入るわけにはいかなかった。本当はベッドまで運ぼうかと思っていたけど。

「じゃあおやすみ」

「う、うん……おやすみなさい……。は、運んでくれてありがとう」

「ん」

深夜に急な訪問だったから、廊下の明かりはとても弱い。そんな薄暗い中でも顔が赤くなっているのが分かる。

馬車に揺られて気分が悪くなったのかな、大丈夫かな？　もう寝るだけだし、一応ここのメイドに様子を見てもらえるよう頼もう。

「あ、そうだ……」

俺も以前使わせてもらっていた、隣の部屋に向かおうとした。だが、その前に1つ、言っておきたいことがあったのだ。ラナが扉を開ける音に歩を止めて振り返る。

「な、なに？」

「えーと、その……誕生日……もうすぐだろう？」

「……………。いつだったかしら？」

「11月10日でしょ」

自分の誕生日も忘れてる？

そう聞くとなにやらもごもごして唇を尖らせる。んもー、なんなのあれー、可愛いー。

「そ、そうなのね。誕生日……11月、10日……11月……11月？　もうすぐじゃない？」

「なぜに他人事？　うんまあ、だから、一応誕生日プレゼントは用意していたんだけど……」

「え！」

でも、移動期間にもろ被りしてしまった。そして、プレゼントはお酒を入れるグラスだ。

それを白状するとなんとなく目がキラキラしてる。悪くはない。むしろ可愛い。

「お酒！　そういえば飲もうって言ってたものね！」

「うん、まあけど、こうなっちゃったから、タイミング的にどうしようかな、って思ってさ。

発注したけど誕生日に間に合わなそうだし」

「そ、そうね。でも、別に帰ってから飲めばいいのよ！」

「お酒はなににする？　時間ができたら『ハルジオン』でなにか見繕《みつくろ》っていこうか」

「そうね！」

はあ？　なぜそこで満面の笑み？　ラナ可愛い。

「それにラナの誕生日当日は、その、多分……途中の町で1泊になると思うから」

「なんにもいらないわ。楽しみをあとに取っておく派だもの！　私！」

「んー……」

でもそれでは俺の気が収まらない。というか、違和感のようなものがある。

毎年贈ってきたのだ。……アレファルド名義だけど。

今年だけ贈らないのはモヤッとする。照れ臭いし、それがプレゼントになるかは分からない。

「なぁに？」

「当日俺に贈れるもの……もしくはできることとか、ある？」

「へ？」

「恋人……とか、その……奥さんの誕生日になにもしないってのは、ちょっとどうかと思うというか……」

などと言いながらも1つ、提案したいことがあった。けれどそれはさすがに俺の願望の方が強すぎてラナに引かれそう。だから呑み込んだ。呑み込んだはず、だったのに——。

「だ、から……あの……」

「気にしなくていいわよ？　本当に。帰ってからのお楽しみの方がテンション上がるし！」

「ん、うん、もちろんそれも、後日改めて祝うけど……」

早く言え、俺。ラナは眠いはずだ。明日も早くから馬車移動！

1秒でも早くラナを寝させたいし、俺も寝たい！

「……キ、キスしていい？」

「…………」

コキーン、と固まるラナを見て、やはり失敗したかもしれない。

えー、どうしたらいいのか、この空気。しかし言ってしまったものは仕方ない。

「お、おやすみのキス的な！」

「──お！　おや、おやすみのキスね！　ななななるほど！」

よし、多分ごまかせた!?　と、思うので、再びラナのところへと戻る。

恋人っぽいことを、したいのは──俺も、だから。

「……」

「え、えっと、そ、そ、それじゃあ、あの……ど、ど、どう、する、の？」

「お、俺から、します」

「は、は、はい」

緊張しすぎて敬語になる。再び向き合う俺とラナ。

えーと、ところでなんでラナさんは目を閉じてらっしゃるのだろうか？

眉は寄っているし口はぎゅう、と結ばれているし、しかし頬は赤いし……可愛すぎか。

身を屈めて、髪の香りが分かる距離。そっと、唇を落とす。

「……おやすみ」

「………え？」

「え？」

なんか聞き返された。顔を離すと、ラナの微妙な顔が……どうした？

「あ、いやー、そ、そうよね、おやすみのキスだものね？」

「は？」

「な、ななななんでもない！　……ほっぺかよ……」

「なんて？」

「な、なんでもない！　おおぉぉおやすみなさい！」

「おやすみ……」

あれ？

バタン、と閉められた扉。

なんとなく逃げるように入っていったラナを見送ったあと、俺は少し困りつつ頭をかく。

いや、別に構わないんだけどさ、お返し……的なものは、うん、いや、はい、あると嬉しかったです。でももらっても心臓がもたなかった気もする。

「ま、まあ、いいか」

寝よ。

◆◇◆◇◆

王都へは『エンジュの町』から馬車でおよそ3日かかる。

今回はファーラがいるので休みを多めに取り、その間におじ様たちが送った手紙で『迎え』の騎士が数人現れ合流することとなった。ファーラとしては「なんかこわい」らしいけれど、正直俺やおじ様たちもファーラの存在は判断に困っているところ。

なにしろ『聖なる輝き』を持つ者の特徴が現れているのに、未だ『加護なし』のままなのだ。

王家から派遣された護衛騎士たちも、その本来ならば相反する特徴を持つファーラを確認して首を傾げる始末。

「と、ともかく陛下にお会いして、判断を仰いだ方が、いいでしょう？」

「ですよねー」

「そ、そうだろうな」

カールレート兄さんとおじ様が騎士の言葉に肩を落とす。やはりそれしかないようだ。

王族に会う、というので、ファーラはとても不安そうだが俺たちだけでなくおじ様やカールレート兄さんも一緒だ、きっと大丈夫。

そう言い聞かせながら——5日目の朝——。

「ここが『緑竜セルジジオス』の王都『ハルジオン』だぞ！」

「わぁ～」

正直次に来るのは来年とか、下手したらもっとあとだと思っていた。

ロザリー姫はラナと仲がいいが、果たして今回も味方になってくれるだろうか？

馬車は真っ直ぐに城へと向かい、あっという間に王城の正門を潜る。

護衛騎士の一部がすでに先遣《せんけん》で到着を伝えているのだ。そのため、到着するやいなや、20人近いメイドが馬車を降りたファーラを出迎えて頭を下げた。

「ようこそお越しくださいました、愛し子様」

「え？　え？」

「陛下との謁見の前に、こちらへ」

そう言われ、玄関ホールから2階の部屋へと案内される。おじ様とカールレート兄さん、そして俺は別室へ。ファーラのことはラナに任せることになる。

「え？　なんで？　いや！　ユーお兄ちゃんたちと離れるのやだ！」

「あ、違う違う、安心して。そうじゃなくてね、ファーラはこれからお風呂に入らなきゃいけないの」

「ふえ？」

嫌がるファーラに目線を合わせるように座り、人差し指を立てて説明した。

ファーラはこれから別室でお風呂に入る。ラナもお風呂に入る。なぜならこれから王様に会うからだ。風呂は前準備にすぎない。ラナもそれを分かっているので、目が遠い。

なお、俺も『エクシの町』からずっと同じ服なので風呂とお着替えである。服は洗濯される、間違いなく。……俺も思わず遠くを見てしまう。

「そうだな、そのあと着替えたり、化粧をしたり髪を整えたりされる！　すべてここのメイドたちがしてくれるだろうから、ファーラはなにもしなくてよいぞ！」

おじ様声でかいから。メイドさんたち若干笑みが深くなったから。

「な、なんで？」

「王様に会うには身嗜《みだしな》みは最低限の礼節なのよ。大丈夫、ファーラは元々可愛いんだからすんごく可愛くなれるわよ」

「え？　え？」

「まあ、そういうわけで、またあとでね」

「ええ、フランたちも……頑張ってね……」

「ん……」

お互いの健闘を祈り合う。

「まあ、俺たちは風呂入って着替えて髪を整えるだけだけど、女性陣は大変だろうな」

「そうだろうな。ワシらはゆっくり待つとするぞ」

「ですねー」

でもラナのドレス姿は久しぶりなので少し楽しみ。

そう言ったらはっ倒されるだろうか？


4時間後。

いや、さすがに長すぎではあるまいか。おじ様はパイプを咥《くわ》えたまま、眉を寄せている。

んん……お風呂1時間、支度1時間、化粧1時間、チェック1時間って感じ？

朝にたどり着いたのに、もう昼である。

ラナたちもお腹空いているんじゃないかな。朝ご飯食べずに来ているし。

つーかこの時間まで準備が延びてるってことは、王家側も食事会を想定してると思ってまず間違いない。対話の時間を増やすつもりだろう。

ファーラには——というか、うちで預かってる子たちには、俺とラナがテーブルマナーを教えている。完璧かと言われると微妙だが最低限の食事はできるはずだ、多分。

ただ、まさか最初に披露するのが王族相手になるとはなぁ。ファーラ、頑張れ……。

「お待たせ致しましたわ」

「！」

ラナの声に顔を上げた。城のメイドが後ろに2人つき従い、頭を下げる。

お、おお……なんという煌《きら》びやかな金のドレス！

これから王族との謁見と食事会なのに、そのド派手さはいかがなものだろう、とか一瞬で思いつかないくらいにラナに似合っていて、美しいの一言。緑色の髪が金のドレスで映える映える。

派手だがよくよく考えると着ているのは城の方で用意したドレスだろう。なるほど、やたらと時間がかかっていると思ったが、2人のドレスを手直ししていたせいでもあったわけね。

で、その後ろのファーラ。こちらは緑色のドレス。カッチコチの表情、しかし、ラナとは髪とドレスの色が逆なので2人一緒だととても……うん、なんか、もう、語彙《ごい》力が仕事しない。

素晴らしい。さすが王城に仕えるプロ。いい仕事するよ、ホント。

「さすが公爵令嬢……」

「もう少しマシな感想出てきませんの？」

「すみません語彙力が死にました」

「ならば仕方ありませんわね！」

ふんす！　と、鼻息荒くドヤ顔。そして最初っから令嬢モード。

「おいおい、そんな感想で許されるのか？　アルセジオスの男が情けないんじゃないか？」

カールレート兄さんの視線が痛い。

仕方ないだろう、語彙力が死ぬほど綺麗なんだ。ラナには通じたみたいだけど……。

「ちなみに俺たちも褒めていいかい？　エラーナ嬢？」

「結構ですわ。お気持ちだけありがたく受け取っておきます！」

えー。おじ様めちゃくちゃ褒めようとしてたけど……いや、まあ、カールレート兄さんはともかく、おじ様は普段がアレだから、誉め言葉なんか聞かされたら寒《さぶ》イボ出そう。

「はあ……」

さて、それでは俺も久しぶりに『貴族』をしよう。立ち上がって、ラナへと手を伸ばす。

「お手をどうぞ」

「エスコートの方、よろしく頼みますわ。ファーラは反対側よ」

「え？　う、うん」

両手に花。俺、今夜死ぬのかな。そう思いつつ、いざ出陣だ。

メイドたちに謁見の間の前へと案内される。部屋の前には護衛を務めてくれた騎士たち。

彼らが扉を開け、おじ様とカールレート兄さんが先に入る。

ラナとファーラをエスコートしながら、いよいよ国王陛下との謁見へ。

おじ様たちが膝を折って挨拶する後ろで、俺たちもまた膝を折って頭を下げる。

ファーラはラナにやり方を聞いていたのだろう、真似するように頭を下げた。

「久しいな！　ああ！　お前たちの開発した小麦パン！　あれはいいものだ！」

「は？　あ、はい、ありがとうございます？」

開口一番、なんて？

思いもよらない第一声に驚いて、ラナが顔を上げる。俺もほんの少し顔を上げるが……ええ、なにあれ気持ち悪いくらい鼻の下伸びてによによしてるぅ。

なにが起きている？　カールレート兄さんを見ると俯いて泣きそうな顔――いや、半笑いで泣きそうになってる、だと？　ますます謎が深まる!?

「ロザリーが自分の店を持つと言ってな、オリジナル商品の試作品を焼いてくれるのだが……ぐへふへ……」

「ま、まあ、お父様！　今そのお話は！」

「お、おお、すまんすまん！」

「…………」

なるほど、娘の手料理を食べられるようになって緩んでたのか。

わかる！

ファーラも最近パン作りを覚えて、俺に食べさせても大丈夫なレベルに作れるようになったと喜んでた。アレですね？　陛下、アレですね⁉

「こほん！　では改めて――『聖なる輝き』を持つ者が現れたと聞いたが……」

「こちらの娘です」

おじ様がファーラを振り返る。ラナと頷き合い、ファーラを挟《はさ》んで一緒に立ち上がった。

俺たちが立ったので、ファーラも恐る恐る立ち上がってゲルマン陛下を真っ直ぐに見上げる。

息を呑む音。空気がピリリとした。

「金の瞳……！　おお、紛《まご》うことなき聖なる輝き――」

王族が皆息を呑むとは……やはり『聖なる輝き』とは瞳の色のことなのだろうか？

ファーラは困惑した様子で、俺とラナの手を強く握る。

大丈夫だよ、という意味で笑いかけるが、不安そうなまま。

「あの、陛下。この娘、実は『加護なし』でして」

「『加護なし』？　ほう、そうか。しかし、その金の瞳は紛い物ではないのだろう？」

「はい、突然この色になったと聞いております」

「間違いありません。以前はやや濃い茶色でした」

髪を染める術はあるが、瞳を染める術などない。

ゲルマン陛下は頷くと、ファーラへ玉座に寄るように命じる。だが、ファーラは俯いて怖がってしまう。仕方ない。

「俺も一緒によろしいですか？」

「うむ、よい。寄れ」

頷いて、ファーラを連れていこうとしたらラナも1歩前へ出た。当然一緒に行く、と。

さすがだなぁ。そう思いながら3人で玉座の近くまで登った。

ゲルマン陛下が立ち上がり、ファーラへと近づく。

「…………」

「！」

緑色の瞳だった陛下の右目が、光った。

竜石と同じ輝き。これは——俺の右眼の『竜石眼』と、同じ？

「問題はない。守護竜セルジジオスはこの娘を大層歓迎しておる」

「⁉」

「この娘は間違いなく、聖なる輝きを持つ守護竜の愛し子！」

ビリビリと謁見の間の空気が圧されるゲルマン陛下の宣言。

両脇に控えていた20人の騎士は膝を折り、ファーラと陛下へ首を垂れる。

この宣言でもって、ファーラは正式に『緑竜セルジジオス』に現れた『聖なる輝き』を持つ者、『守護竜の愛し子』として認められたのだ。

マジか……！　『加護なし』とか、関係ないのか!?　国王のお墨付き出ちゃったよ！

「だがしかし、それ故に我らはそなたの自由に口を出す権限はない」

「？」

「少女よ、名をファーラと言ったな？　そなたはこれからどう生きたい？」

陛下がファーラの前まで歩み寄り、膝をついて目線を合わせ、問う。

さすが、娘が4人いるだけあって女の子の扱いを分かってらっしゃる。

問われたファーラは困った顔。まあ、10歳の女の子がそう聞かれてもね。

「……ユーお兄ちゃんと、エラーナお姉ちゃんと、クラナたちと、一緒にいる……」

少し考えて、俺とラナの顔を見上げて、それから陛下を真っ直ぐ見て答えた。

その答えを聞いた陛下の表情を見て驚く。

「……そうか」

ゲルマン陛下はとても、とても満足そうに微笑んだのだ。まるで愛しい我が子でも見るように。そして立ち上がり、玉座に戻ると立ったまま手を突き出す。

「例の物を持て！」

あれ？　ものすごーーーーっく嫌な予感。

1人の文官が、小さく平らな木箱に置いた1枚の紙を持ってくる。

その紙を片手で持ち上げ、俺とラナを見下ろしてニヤリと笑う。

うぁー……。

思わずおじ様を振り返りそうになるが、その前に震えるカールレート兄さんが目に入ったのでグルだこいつら……。

「ならば決まりである。ユーフラン、エラーナ、お前たちは隣国で貴族だったそうだな。家名はディタリエールとルースフェット。ふむふむ、ディタリエール……うーむ、イマイチだな。ルースフェットは公爵家か。ではダメだな。『ベイリー』も我が国にいる故にダメだ」

「！」

やはりこの国にも俺の家と同じように『守護竜』に仕える王家の影がいるのか。

いや、そうじゃない。突然なんで名字の話!?　まさか？　もしかして？　絶対面倒くさい!!

「ええい、面倒だ。ユーフラン、エラーナ！　そなたたちに『緑竜セルジジオス』の古《いにしえ》の言葉の1つ、『光導く者』の意味を持つ『ライヴァーグ』の家名と男爵の爵位を与える！　ユーフラン・ライヴァーグと、エラーナ・ライヴァーグとして聖なる輝きを持つ守護竜の愛し子を護り、この国へますますの繁栄をもたらすことを命じる！」

「えっ！」

やっぱり……。

ラナは驚いているが、これまで作ってきた竜石道具の数々と、ファーラの願いを思えばむしろ当然王家はそう動くだろう。ファーラの希望はおじ様たちが事前に伝えておいたに違いない。見なくても肩を震わせて笑っているのが分かる！　特にカールレート兄さんは昔からなにかにつけて俺に「ドゥルトーニル家の養子に来ないか？」と言っていた。

どこまで本気だったかは知らないが、今回それが大いに働いたとしても不思議ではない。

個人的にも『でんわ』――『通信玉具』を作ってしまった時に「ああ、これはもう普通の平民として暮らすのは難しいかもな」と感じてもいた。もちろん外に出す気はないし、レグルスにも販売はしないと突っぱねたけど。あれは色々、使い方によっては危険なのだ。

ラナはまるで気づいていなさそうだが、軍事利用でもすれば今までの常識が通用しなくなる。

だが――。

「え、えっと……」

「陛下、それは妻エラーナもまた、男爵の爵位を与えられるということでしょうか？」

「そうだ。お前たち2人にそれぞれ爵位を与える。お前たちの子が生まれ、この先の貢献次第では陛爵《しょうしゃく》し、子孫に爵位譲渡の権利を与えよう」

「それは……」

辞退する。と、いう選択肢はない。

ゲルマン陛下の思惑としては、俺たちにファーラを引き取らせるつもりだな？

くっ、おじ様たちの方は血縁が爵位を賜《たまわ》ることに別段問題はない。それどころかこの国の貴族たちからしても、わざわざ『聖なる輝き』を持つ者――しかし『加護なし』という特殊体質のファーラを養子にするというメリットとデメリット、どちらが大きいか、という大博打《おおばくち》を打つことなく、国内にファーラを留めておける。

あー、くそ、こう来たか！　ファーラを貴族の養子に、とかいう方向で来るとばかり思った！

「大変光栄なことですわ。ですが、あまりに突然のことに驚いておりますの」

「！」

「ですからお時間を頂けないでしょうか？　まさかこのような場で、陛下自らにお話を頂くと思っておりませんでした。２人できちんと相談したいのです。なにとぞ、本日はご容赦を」

ラナが頭を下げて、笑みを浮かべたまま答える。さすが元公爵令嬢、俺は絶対言えない。だが緑髪緑眼のラナが言う方が、遙かに意味も効果もあるだろう。

「む、そうか……」

思いのほかあっさり丸め込まれた陛下。

え？　まさか素でこっちが喜ぶと思ったのか？　いや、絶対ラナに言われて「あ、そう？」ってなったんだろう。

あと——ファーラが陛下を不満げに見ている。俺とラナが困ったのを見てなにかしら感じたのだろう。意外と顔に出やすいからなぁ、ファーラ。

陛下の少女相手に表情を読む能力——さすが娘が４人おられるだけはある。

「で、ではその話はまたあとにして、昼食はいかがかしら？　急がせてしまったもの、お腹が空いているのではなくて？」

空気を変えるように手を叩く王妃様。ロザリー姫も笑顔で頷く。

確かに、よくお腹の音が謁見中鳴らなかったな、良かったってレベルで腹は減っている。

「喜んで」

もちろんこちらはそれしか言えない。

ラナと頷き合って、ファーラに「ご飯だよ」と告げるとやっぱり嬉しそう。だよねー。

「こちらですわ」

謁見の間の左にある扉を促される。

そちらはテラス廊下の会食場となっており、下には一面美しい庭が広がっていた。

さすが、緑竜の国の城の中庭。見事という他ない。

席に着くとロザリー姫が目に見えてソワソワしている。それで大体察した。先程ゲルマン陛下がパンのことを話題に出した時、ロザリー姫が焦《あせ》っていたのは――。

「どうぞ」

「あら」

給仕がテーブルに置いていくのはサラダ。この形式は、アレファルドたちが来た時にラナが提案したもの。そう、コース式というやつだ。

ニコニコ笑うロザリー姫を見るに、どうやらあのあと色々研究を重ねたのでその成果を見ろ、ということらしい。これは責任重大だな、ラナ。

「まあ、パンですね。それもこれは……」

「ええ！　エラーナさんが提供してくださったレシピで作りましたの！」

サラダの次に出てきたのは小麦パンだ。これはラナが時折焼いてくれるバターロール。艶々の表面には溶き卵が塗ってあり、中はほくほくのふわふわ。ほんのり卵の風味がするので俺もこれは好き。

「もしかして、ロザリー姫様がお作りに？」

「！　な、な、なぜ分かりましたの⁉」

いやぁ、なぜもなにも～……。

「は、はい。実はわたくしが作りましたの。自分で作ってみた方が、現場の者たちのことが分かると思いまして」

「偉い！」

「お父様はお黙りあそばせ」

テーブルを殴《なぐ》って半泣きで叫ぶオトウサマに「うわぁ……」と思いつつ、引き続き食事を頂く。ファーラは少しもたついていたが、日々の練習の成果がまあ、まずまずの様子。

しかし、ファーラを引き取る、ね。俺とラナにそれぞれ爵位を与えたところでとも思うが、それはつまり「どっちも逃す気がない」ということだ。

そんな俺たちの『養子』としてファーラを『緑竜セルジジオス』国内に縛りつける。

まさか俺とラナまでその束縛対象になるとは。想像以上に手が早いというかなんというか。

まあ、この国は食べ物に困らない。のんびり過ごすにはいい国なのだが……。

ラナの方を見ると、多分同じことを考えていた感じ。目が合い、少し困った顔をされた。だよねぇ、多分食事が終わったら返事を求められるだろう。困ったなぁ。ラナは陛下に、話し合う時間が欲しいと言ったけど、曖昧に濁して逃げきれるものでもないし。

「さて、今夜はもちろん泊まっていくのだろう？」

「「…………」」

あ、これは本当に話し合う時間をくれるようだ。

満面の笑みのゲルマン陛下に、思わず愛想笑いを浮かべつつ「光栄です」と返事をする。

カールレート兄さん、震えて笑うのやめろ。絶対あとで殴る。

「そうだわ。ファーラ、明日、わたくしの部屋にいらして？　エラーナさんもよ。お茶会をしましょう！」

「まあ、それはいいですわね。是非《ぜひ》」

とりあえず帰るタイミングを着々と引き延ばされているな。ラナとしては、小麦パンを出されたことで商売の匂いを嗅《か》ぎつけている。多分またなにかモノにしてくるのだろう。

それにまあ、若干嫌そうではあるが、ファーラもお茶会の作法とかは覚えていて損はないはず。ラナや姫様に存分に叩き込まれてくればいい。

男爵の爵位に関しては逃げようもないから、次に聞かれた時に観念する他ないだろう。

問題はそのあと、ファーラを養子に迎えるかどうか、だなぁ。

正直年齢的に兄妹なのだが、俺もラナも成人しているのとゲルマン陛下的にはサクッと『緑竜セルジジオス』の貴族学園にファーラを入れたいから手続き的に『親子』の形の方が楽なのだろう。こっちは実に面倒くさい。

この引き延ばし行為の手際の良さを思うと、俺たちの貴族化、ファーラとの養子縁組、ファーラを学園に入れる手続きまで流れでやろうとされかねないんだが。

だが、それはファーラが望まなければ王家といえど無理強いはできないはず。

食事が終わると、ファーラが「疲れた」と言ったので皆慌てて部屋へと促した。その様子がなんとなく、リファナ嬢が『青竜アルセジオス』の貴族学園に通い始めた頃を彷彿《ほうふつ》させる。

アレファルドたちが彼女に声をかけて、世話を買って出るまでの短い期間だったが、リファナ嬢もこのように、どこか人から怯えられていたのを思い出す。貴族からすれば『いつ守護竜の怒りに触れる分からない爆弾』のようなもの。リファナ嬢にあまりいい印象はないが、それでもファーラが同じような目で見られていると彼女にも多少、同情はする。

「もう着替えたい。おうちに帰りたいよ、エラーナお姉ちゃん」

案の定部屋に戻ると、ファーラが疲れ切った顔で懇願《こんがん》した。

しかし、ラナは「明日のお茶会だけは出ましょう」と説得する。

「お金の気配がするから！」

と、ガッツポーズつきで。豪華なドレス着てる元公爵令嬢のセリフとは思えないな〜。

「お金の気配！」

えー……ファーラそれに釣られちゃうの〜？　早くも心配なんだけど〜。

「ふむ、しかし『愛し子』が帰りたいのなら準備はしておくか！」

「あ、ねえ、おじ様」

「なんだ！」

「『聖なる輝き』を持つ者って、つまり瞳の色が金色になることが基準、ってことでいいの？」

相変わらず声がでかい。しかし、俺が質問すると急に黙りこくって首を傾げる。

うーん、おじ様でも分からないのか。いや、おじ様も『加護なし』のファーラが『聖なる輝き』を持つ者になったのは驚いてたしな？

「分からんな。しかし、陛下の持つ『竜の眼』がそうと断じたのならそうなのだろう」

「んん、やっぱり？」

「あ、そういえば王様の目が光ってたわよね。あれがそうなの？」

と、ラナが混ざってきた。王族の持つ『竜の眼』のことは知ってるのか？

まあ、公爵令嬢だし、前世の物語の中にも出てきてたのかも？

「竜の、め？　なぁに、それ」

「国の王族が持ってる『守護竜の加護』のことよ。胴体大陸の国々や、ファーラがいた『赤竜三島ヘルディオス』の族長一族は各国の守護竜に仕えている存在だと言われてるの。だから普通の人とは違う『守護竜の加護』をもらってるのよ。それが『守護竜の眼』！　国の守護竜様の片目と繋がることができる、唯一無二の加護だと言われてるわ」

「守護竜様の目と？　繋がるといいことあるの？」

「んー、まあ……守護竜様の意思が分かる、っていうわよね」

まあ、まさか直接見られるとは思わなかったけどな。

貴族は話しか聞いたことがない者が圧倒的大多数。守護竜の神聖性を高めるために、年始の挨拶の時以外は、どの王家も『竜の眼』は使わないというし。

まあ、竜の立場で考えても突然片目が人間の王家と繋がってしょうもない治世《ちせい》の相談とかされ続けたら「ざけんな、うぜぇ、自分たちでなんとかしろ」ってなるのは無理ないと思う。

そんな感じ。

しかし『聖なる輝き』を持つ者は別ということだ。やはり守護竜にとっても急ぎで連絡して欲しい案件ってことなんだろう。そうでなければ平民、貴族の前で本来なら新年の挨拶時以外で使わない『竜の眼』を使ったりはしない。

「そうなんだ。だから王様や族長は偉いって言われてたんだ」

「まあ、そういうことよ」

ファーラは理解が早くて賢いなぁ。それが分かれば貴族社会でもやっていけるかもしれないが……さて、本人にその気は——まあ、ないだろうけれど。

「ラナ、爵位の件だけど……」

「そうねぇ、逃げられないだろうし、もらえるものはもらっておけばいいんじゃないかしら！」

「……そう」

ノリでもらえるものではないけどなー。それでこそラナという感じもするので、まあいいか。

「でも、多分陛下は俺とラナにファーラを引き取らせて——」

「ええ、ファーラを男爵令嬢にするつもりでしょうね」

あ、良かった。そこまでは理解しててくれた。当のファーラは首を傾げているけれど。

「ファーラを貴族にしよう、という王様の企《たくら》みの話をしてるのよ」

「ええ⁉　ファーラ、貴族とか分からないからやだ！」

「まぁね。でも、ファーラが大きくなったら『ハルジオン』の貴族学園に通わせながら、王都の小麦パン屋を任せるという手もあるし……」

「ラナさん？」

「すみません、なんでもありません」

ロザリー姫のお店を乗っ取る気だぞ、この人。お、恐ろしい！　そんなこと考えるから『悪役令嬢』なんじゃないの？　いや、それでこそとも思うけど。

「でもファーラ、わたくしたちの手伝いをしてくれるのなら、教養はあると助かるわ。教養は持ってて邪魔になるものでもなくてよ？　特に計算！」

ハア～、ラナさんたくまし～～～。

「う……」

「そうだなぁ。まあ、俺とラナと養子縁組にするしないにかかわらず、貴族の教養はあると便利なのは間違いない」

「うわぁ、やっぱりそこまで気づいてたのかぁ」

「はあ？　カールレート兄さん、なに言ってるの？　気づかない方がおかしいから」

頬をかきながら、そんなことを言うカールレート兄さん。

おじ様も複雑そうな顔をしてる。まさかバレてないとでも思っていたのか？・

「よーしえんぐみってなに？」

「えーと、わたくしとフランは夫婦でしょう？　平民には一般的ではないのだけれど、貴族……特に家の後継《あとつぎ》がいないと困るところは、身寄りのない子とかを家族として引き取る制度があるのよ。それが養子縁組」

「んんー？」

「まあ、ファーラが俺とラナの妹か娘になるってこと。法的にね」

その方が色々都合のいい『緑竜セルジジオス』王家と貴族たち。

っていっても俺とラナの娘にするには、ファーラは大きすぎると思うんだけれども。

「でもちょっと意外。てっきり王家がファーラを養女に迎えたいって言うかと思った」

「ああ、当然お考えにはなっただろう。だが、その辺りは『緑竜セルジジオス』の内情に突っ込むことになる。今の時点で首を突っ込んでもいいことはないぞ」

「そう。了解～」

おじ様が真顔でそう言うのであれば、そうなのだろう。

まあ、おおよその予想はつく。今の時点で〝女の子〟の『聖なる輝き』を持つ『守護竜の愛し子』が現れては困るのだ。

多分ロザリー姫やその下の妹姫たちの婚約云々にものすごーく関わっていることだろう。

ロザリー姫は現時点で次期女王が確定しているので、婚約者は次期女王の夫――王配だ。妹姫たちは他国も視野に嫁に出す予定のはずだから、この時点で『守護竜の乙女』が養子に入ると他国の有力候補たちはこぞって『守護竜の乙女』に殺到してしまう。むしろ、候補に手を挙げる者が増える。うん、考えただけで面倒くさい。

ファーラだって突然政略結婚の道具にされたら――ああ、考えただけで守護竜の怒りの咆哮《ほうこう》が聞こえてきそう。そこまで考えられる陛下で良かった。

「ファーラ、ユーお兄ちゃんとエラーナお姉ちゃんの家族じゃなかったの？」

「法的な話よ。家族だけど、ファーラはクラナたちとも家族でしょう？　でも、法律ではそうじゃないの。これからその辺りもしっかり勉強しないとね！」

「え！　えーと、よく分からないけど、分かった！」

「その意気よ、ファーラ！　あなたが賢い淑女になれば、支店を任せるのも吝《やぶさ》かではないわ！」

「してんちょう！」

ラナのファーラの扱いが天才か。


翌日はラナとファーラがロザリー姫のところにお茶会。多分、他の妹姫たちとも交流してくるだろう。ちなみに俺は暇なので久しぶりに情報収集をしてきた。

『緑竜セルジジオス』の貴族学園とか、いずれファーラが通うかもしれないところなので下見にね。大丈夫、変装は意外と得意だから。『王家の影』として教育を受けているので潜入調査なんでお手のものだよ。久しぶりにやったので疲れたけど。

あとはちょっと買い物。王都でしか買えない物が割とあったのだ。

「ただいま！」

「ただいまぁ……」

「お帰り」

お帰りって言っておいてなんだけど、ここ俺の借りてる部屋なのだが。

あ、ちなみにおじ様とカールレート兄さんは王都にある別宅ね。

ラナとファーラの部屋は隣のはずなのだが、なぜ俺の部屋に帰ってきたの。

そしてファーラはめっちゃ疲れ果てとる。

「大丈夫？　ファーラ」

「うえーん、疲れたぁ！　ドレス動きづらいしお菓子もあんまり食べられないし！」

「あら、ロザンヌ姫とロザリーヌ姫にはたくさん話しかけてたじゃない」

ロザリー姫の妹、次女ロザンヌ姫と3女ロザリーヌ姫は双子の姉妹だ。確か、ファーラとは同い年だったな。なるほど、同い年なら話しかけやすいし、仲良くなれば貴族学園にも誘いやすい。恐るべし『緑竜セルジジオス』王家。

「ロザンヌとロザリーヌは……お話してるの楽しかったけど……」

もう呼び捨て!?

「ううん、楽しかった。お姫様の生活って、美味しいものを食べて、遊んで、なんにもしないと思ってたけど、本当はお勉強することたくさんあるんだって。ダンスや歩き方とか練習するって聞いてびっくりした」

「ええ、そうね。普通の貴族令嬢も学ぶことだけど、王族ともなればその所作に関しては尚更厳しく見られるでしょう」

「エラーナお姉ちゃんも、勉強とか練習いっぱいしたの？」

「それは、もう！」

大変強めな「それはもう！」頂きました。

まあ、そうだろう。ラナの場合普通の令嬢ではない。王太子アレファルドの婚約者だったのだ。知識面は前世の記憶を思い出した時に混濁した影響が強く、学んだことの大半が思い出しにくくなってるらしいけど。頑張って思い出すと思い出せるので、消えてはいない、らしい。

「でも今思うと、なんであんな奴のためにあそこまで努力してたのか分からない！」

「ええー……」

「わたくしへの誕生日プレゼントだって、絶対アレファルドは自分で選んでなさそうなものばかりだったもの！　会いに行くのはいつもわたくしから！　会ったら会ったで面倒くさそうに相槌《あいづち》を打つだけ！　いかにも『早く帰らないかなー、こいつ』オーラ出しまくり！　わたくしの話なんてこれっぽっちも聞いてなさそうなあの態度！　一度『今年の誕生日プレゼントは流行りのデザイナー、ファロディーナの新作ドレスが欲しいですわ』ってねだってみたら、その年の誕生日プレゼントは『紫竜ディバルディオス』製の懐中時計だったんだから！　本当にいっっっっちミリもわたくしの話なんか聞いてなかったのよあの王子！」

「「…………」」

紅茶を吹き出さなかった俺は偉いと思わないか？

ん、んー……俺の記憶が正しければ懐中時計はラナの16歳の誕生日プレゼント。か、かなり最近のものです。

お、おおぉい！　アレファルドオォ！　お前ぇ！　ラナがリクエストしてたのになぜわざわざ俺に選ばせたぁぁ⁉︎　すんごい無駄なことしてるじゃねーか俺！　わざわざ『紫竜ディバルディオス』までオーダーメイドした物を1カ月かけて取りに行ったのに！

「まあ、その時の懐中時計のデザインは気に入ってるから今でも使ってるんだけど。なんだかんだ便利だし」

あ、なんか報われた。

「ほんとだ！　かわいい！」

「でしょう？　わたくしあまり花には詳しくなかったのだけれど、この懐中時計にあしらわれている真っ赤な薔薇《ばら》がとても可愛くて、それ以来わたくし赤い薔薇が一番好きな花になったのよ。『青竜アルセジオス』なら吉色の青い薔薇の方がいいんでしょうけど、そもそもこの世界には青い薔薇はないし」

「そうなの？」

「そうよ。青い薔薇は自然には存在しないと言われてるの。だから、わたくしは赤い薔薇が好きよ。なんかこう……気合がみなぎるから！」

なんだろう、好きの理由がちょっと普通と違うような気がする。そんな拳つきで力説されましても。けど、まあ、ラナが気に入って使ってくれてたのは良かった。使ってるとこ見たことなかったけど、お菓子作り――の、試作や実験――の時に重宝してるんだって。

「そ、それに、今はフランの髪と目の色みたいで、まあ、そういう意味でも赤い薔薇は好きよ」

「っ……」

「そっかぁ！　じゃあファーラも赤い薔薇を好きな花にする！」

「あら、一緒ね！」

「うん！」

ここは、なに？　楽園？　俺、いつの間にか死んだのかな？

「失礼致します。エラーナ様、ファーラ様、お着替えの方を……」

「あ、そうでしたわね。もう少々お待ちになって」

コンコン、とノックのあとにメイドが入ってくる。

ラナは彼女を入り口で止めて、俺に向き直った。なんだ、普通に用事があったのか。

「本日もロザリー姫に晩餐《ばんさん》のお誘いを頂いているの。多分、その席で爵位に関しての答えを求められると思うわ」

「ああ、こちらは覚悟ができてるよ」

「結構ね。ええ、わたくしもよ。それから、明日以降の予定だけれど、ファーラが帰りたいと言うので、明日には家に帰ろうと思うの。フランはどうかしら？」

「断る理由はないし、家を空けすぎるのも不安だから賛成。あと、クローベアがどうなったのか気になるし」

「そ、そうね」

クーロウさんに任せておけば、処理は完璧にしてくれていると思うし、多分レグルス辺りが「爪と毛皮は高値で売れるのよネェー！」とか言ってすでにお金に替えている予感もする。

クローベアの爪といえば、メリンナ先生も俺の腕の怪我を手当てしながら「クローベアの爪って、削って乾燥させると薬の材料になるんだぜ」ってにやにやしてたから、クローベアの爪はメリンナ先生も狙ってるんだと思う。

あの人もそれなりにやり手だから、レグルスと直接交渉して入手とかしてそうな気もする。

っていうか、仕留めたの俺なんだから俺も1本くらい素材として欲しい。

相場がいくらくらいなのか分からないし、レグルスに売ってもらってんならそれはそれで別にいいんだけどさ。それが子どもらの食費とか衣類代になるなら、うん。

あと、シュシュの餌、そろそろ切れそうだったんだけど、クラナ、買い足してくれただろうか？　あの子はしっかりしてるから大丈夫だと思うが、シュシュがお腹を空かせて鳴く姿は見たくないじゃん？

それから、干し草も新しいのが入る頃だからたっぷり買っておきたかったんだよな。

「フラン、怪我は大丈夫なの？」

「え？　なんのこと？」

「クローベアにやられた傷よ！　全治３週間って言われていたじゃない！」

「あ」

「なんで忘れてた風なの！」

いや、割と本気で忘れてたのだ。風呂に入る時に思い出す感じ。

『影』って一応拷問慣れもしておかなければならないので、あんまり痛みって感じないんだよな～。それに、親父のしごきに比べたらあの程度のベア、なんてことない。

「まあ、見た目ほどじゃないし、メリンナ先生が脅しみたいに大袈裟《おおげさ》に言ってただけだから」

「ほんとにぃ？　あとでフランのところの使用人に確認してもらうから、覚悟なさい」

「うっ……」

なんかゴリゴリに手当てされる予感！　自分でしてるから平気なのにっ！

「本当なら、わたくしが手当てしてあげたいところだけど」

「えっ」

「包帯の巻き方なんて知らないし、間違った薬を間違った量塗りそうなので、こういうことはプロに任せるのが一番だと思うの……」

「間違いないな……」

一瞬で恐怖を感じた。

まあ、本当言うと薬も効きにくいんだ、俺。でも『緑竜セルジジオス』は緑の国で薬草の質がとてもいい。俺にもよく効くし、増血薬も効果が高いのだから本当驚く。

だからこそラナに治療されるのはなんとなく怖い！

「まあいいわ、フランはプロの医師に任せるとして！　帰りの手配を頼んでよろしいかしら？」

「は、はい。しかし、あの……」

「陛下たちには本日の晩餐の時にお許しを頂きます。爵位の手続きなどは書類のみで結構。男爵の位ごときで大層な儀式をする必要はなくってよ」

「っ……！」

パン！　と、ラナの持っていた扇子《せんす》が閉じられて、小気味よい音が鳴る。

おお、学園にいた頃のラナ——エラーナ・ルースフェット・フォーサイス公爵令嬢そのもの！

「わたくしは隣国の公爵令嬢として生まれ育ちましたの。今更男爵の位などではしゃぐ血筋ではないわ。自分で選んでこの国の平民になったのに、本当なら不要なくらいですのよ。まあ、陛下のお心遣いと思って戴《いただ》きますけれど」

「は、はい。あ、あの、ですが、明日とはさすがに急なことでして……」

「まあ！　城のメイドがその程度のこともできませんの？　冗談でしょう？　それにロザリー姫にはすでにお伝えしてきましたのよ？　あら、おかしいですわね。まだあなた方には伝わっていないのかしら？」

扇子を開き口許を隠して柔らかな口調でメイドに告げるラナ。その口調には一切の反論を許さない強さが含まれていた。間違いなく在学中の彼女の姿だ。これはこれでなんてかっこいい。

「も、申し訳ございません」

「謝罪はいいわ。わたくしは『準備をよろしく』と申し上げているだけだもの。明日の朝には発《た》てるように、ドゥルトーニル家のお2人にもきちんと伝えておいてくださいな。できないはずないですわよね？　『緑竜セルジジオス』の王城の使用人が！」

「は、はい！　すぐに」

「ではそのように。ファーラ、着替えに行きますわよ。次は晩餐会の準備ね。あとしばらく頑張りましょう」

「え、えーっ……またぁ？」

貴族育ちでないファーラにはまさに衝撃続きだろう。

頑張れファーラ。負けるなファーラ。明日の朝までの辛抱だ。

まあ、多分明日の朝も王族との朝食だろうけど。

ふっ、セルジジオス王家の皆さん、ファーラの扱いを誤ったな。

この辺りは高貴な身分の方々には分かりづらかったのかもしれない。

――アンタらの生活、庶民には地獄だよ……。


「終わったわ～」

「終わったたぁぁっ！」

「終わったね～」

そんな地獄の晩餐会を経て「明日帰る」というのも告げて、解放された夜8時。

なぜ集まるのが俺の部屋なのか。まあ、いいけど。

ラナたちはこのあと着替えなければならないのでは？

「なっちゃったわねぇ、男爵。貴族」

「なっちゃったね」

ラナのぼやきに同意する。聞かれたから答えただけで、手続きはこれから進むのだろうけど。

「ファーラはどうなるのー？」

「ファーラはどうしたい？」

「分からないー」

「いいんじゃないかしら、今決めなくても。疲れてる時に人生と深く関わる問題と、上手く向き合えるわけないわ」

「それもそうだな」

まったくもってその通りだと思う。疲れてる時にいい考えなんて浮かばない。

帰ってから——うん、帰ってから決めよう。でも今考えておきたいことが1つある。

ラナは帰ってからでいいって言ってたけど、やっぱり当日にお祝いしたいじゃん？

うーむ……途中の町、『タホドの町』でなんとかお祝いをできないものだろうか。

「よし、明日に備えて寝ましょう！」

「あ、そうだね」

「寝るー！」

「ファーラはその前にお風呂よ」

「は、はぁい」

突然立ち上がったラナが、入り口付近にいたメイドに声をかけてファーラを先にお風呂に入れるように頼む。連行されていくファーラ。多分、自分1人で脱げないドレスが嫌なのだろう。で、取り残される俺──の横にラナ。

「？　行かないの？」

「い、行くけど……その前に……えーと……」

「？」

なんだろ、と思いつつなぜか「ん！」とほっぺを突き出されるし、指差される。んん？　もしかしておやすみのキスをねだられてる？　な、なるほど！　ねだっていいものなのか！

じゃあ、とチュ、と音を立ててキスを落とす。そうするとじんわり胸が温かくなる。

ラナの顔も、ほんのり赤い。あれ、胸が……キュッて苦しくなるな？

可愛すぎて、可愛すぎてダメだと思います。

「ラナさん」

「な、な、なにかしら」

「今日は1日ほとんど一緒にいられなかったので……俺はちょっと……結構、寂しかったです」

「!?　と、突然なに──あ、いや……え、っと、は、はい、わ、わたくしも、まあ、その、なんて言うか……ちょっと？　いえ、そ、それなりに？　……寂しかった、ですわ」

ラナも、寂しかった？

目線が泳いでるけど、まあ、直接目を合わせたら俺も……うん。

「ハグしても、いいですか」

「………。いいですわ」

と、両手を開くとラナも両手を開く。ので、1歩、2歩、近づいて——抱き締めた。

ほわ、と温かい。でも少しだけ、落ち着かないというか。

「フランって、男の人なのねぇ」

「？　男だけど？」

「いや、そうなんだけど、なんかこう……大きいなぁって。ところで、その、腕の怪我は？」

「さっきも言ったけど、大丈夫、痛くないよ。薬塗ってるし。意外と心配性だね？」

「ふ、普通よ！　動かしたりしても、痛くない？」

「見た目ほど深くないし、メリンナ先生が絶対大袈裟に診断しただけだから」

ゆっくり体が離れる。見上げていたラナと目が合った。

とても心配そうな顔をしてくれている。本当に大丈夫なんだけどな。

「あのね……」

「うん？」

「実は、過ぎてたのよね」

「？　なにが？」

「ラノベ、『守護竜様の愛し子』の中で、エラーナが邪竜に呑み込まれて死ぬ日……」

「！」

え？　それって――。

「じゃあ、ラナの破滅エンドってやつは、もう……？」

「回避、できたのかな？　って、思ってるんだけど」

「良かったじゃん！」

「でも！　でも、もしかしてそのせいでフランが代わりに怪我をしたのかと思って！」

「いや、関係ないでしょ」

本当。絶対。まったく。

首を横に振る。それだけは断言できる。絶対無関係だ。

「でも、そっか。良かった。それじゃあもう、ラナは大丈夫なんだね？」

「た、多分ね。確か、11月になったばかりの日、って書いてあったから。うん、きっとフランのおかげだわ。フランが最先端の竜石道具を作ってくれたから、邪竜信仰の奴らにも目をつけられることなく、お父様にも色々説明できたのよ」

ああ、俺をラナにつけたのが本当は陛下の指示ってところね。

いや、でも正直宰相様がそれ知らないとは思わなかった。

邪竜信仰に関しては、最先端行きすぎてて逆に目をつけられてそう、というのは――黙っておこう。もし接触してきたら、皆殺しにすればいいしね。邪竜信仰は基本的に賞金首だから。

「あの、だから……これで心置きなく、フランとこの国で生きていけるなって……思ったのよ」

「……っ」

「わたくしも、今日は1日ほとんど一緒にいられなくて、寂しかったのよね。あの卒業パーティーの日以来、フランとこんなに離れたことってなかったじゃない？　ずっと『貴族』やってて、なんか気も張っちゃうし」

「うん」

「それでなんか――ああ、わたくしってこんなに普段は気を抜いてたんだって、気づいちゃったわ。フランと一緒の生活ってそのくらい、自然体でいられたのね」

自然体で――確かに。それは、俺もそうだと思う。

「俺も久しぶりに長時間『貴族』やってて顔の筋肉引きつりそう」

「ふふふっ！　確かにフランって『貴族』の時は胡散臭い笑顔が張りついてるものね！」

「うっ、胡散臭いはひどい」

「あら、本当のことよ？　まあ、だからこその『ギャップ萌《も》え』なんだけど！」

「はあ……」

ギャップもえ……ラナ語は本当によく分からない。褒め言葉の一種らしいからいいけど。

「フランのこの、本当はちょっとやる気のない無表情気味なところがデフォってて、わたくししか知らないのよね……むふふふふ……」

「でふぉ？」

新たなラナ語⁉　ど、どういう意味なんだ？　聞き返してもにやにやされるばかり。

拗ねそうになったそのタイミングで、扉がノックされる。

「失礼します。エラーナ様、入浴の方はどうなさいますか？」

「今参りますわ。ではフラン、わたくし本日は休みます。また明日」

「うん、おやすみ」

一瞬で『貴族』モードになり、呼びに来たメイドと部屋から出ていく。

まあ、ね。割とラナのことを補充できた感じはするけど、でもやっぱりなんか物足りないというか。いや、でもハグできたの、すごくない？

今更ちょっと照れる。ラナとハグできるようになった。嬉しい。

でも、それでもなんか物足りなさがある。

変。本当に変。これは一体なんなのだろう？　贅沢が過ぎる気がするんだけど？

「まあ、いいか」

なんにせよ、ラナの『悪役令嬢の破滅の運命』は回避できたらしい。それは本当にめでたい。

「ふむ……」

というか、それなら尚更なにかお祝いした方がいいんじゃないか？

一応『お土産』は買っておいたけど、それ以外にもなにか贈ったりしたい。

「ユーフラン様、お風呂の準備が整いました」

「あ、入りまーす」

いや、まずは俺も風呂入ろう。疲れた。

◆◇◆◇◆

「それでは、またいつでもお越しくださいませね」

「ありがとうございます、ロザリー姫。また儲け話がございましたら――」

「うふふふふふふふ」

「………」

翌日早朝。

ロザリー姫の見送りという、なんとも豪華な、身の丈に過ぎるような待遇《たいぐう》を受けつつ馬車に乗り込む。というか、ラナとロザリー姫は、今度はどんな話をしたんだ？　笑顔が怖い。

「なんかまた姫様と始める気？」

「ええ、まあ。レグルスばかりと取引してたんじゃ、視野が狭くなるかもしれないから。それに、フランが作るものはレグルスと専属契約してるけど、私が作るものはそうじゃないでしょ？　レシピを色々提供したのよ！」

「ふぅん？」

「なによ、その気のない返事は！　言っておくけど、自信作よ」

「なにを提供したの？」

「日本酒！」

ラナ語だな。また聞いたことのない。ニホンシュ？　はてさて、どんなものだ？

「なに？　それ」

「お酒よ。前にお米からお酒が作れるって言ったの覚えてる？　レグルスが持ってきてくれた『ライス』で試作が進んでいるんだけど、ロザリー姫に聞いたら、『黄竜メシレジンス』に『ライスエール』というものがあるから、取り寄せて『緑竜セルジジオス』でも量産できないか試してみるって話になったの」

「『黄竜メシレジンス』……」

出てくるな、マジで。消えろ、消えてくれ、本気で。ブンブンと顔を横に振る。

うん、あの国の王子のことは記憶から抹消《まっしょう》したい。

「？　ユーお兄ちゃんどうしたの？」

「フラン？　どうしたの？」

「『黄竜メシレジンス』の話はしないで。マジで。思い出したくない」

「わ、分かった。ま、まあ、とりあえずお酒は嗜好品《しこう》として優秀でしょ？　『緑竜セルジジオス』は代表的なお酒がワインくらいしかなくて、新しいお酒は大歓迎なんですって。ライスエールと私の知っている日本酒がどう違うのか味比べしてみて、今後の方針を決めるつもりなの。国益になりそうなら、日本酒開発に国が力を貸してくれるわ」

「な、なるほどね」

目が――獲物を狙う、それだ……。

「ちなみにライスエール1本もらってきたから、帰ったらフランが発注してくれているグラスで飲んでみましょう！」

「えっ」

「あ、もしかしてフランもなにかお酒買ってきてくれた？」

「う、うん……」

「じゃあ帰ったら酒盛り——あ、いえ、お酒がたくさん、色々飲み比べられるのね！」

す、すごく期待に満ちた眼差し！　前世は酒飲みなのか、ラナ⁉

「うふふ、おつまみはなにを作ろうかしら。あ、食事が先よね、ワインや日本酒に合う料理……うーん？　ライスエールもどんな味か未知数だし——あ、レグルスが持ってきてくれたライスがまだ残っていたし、どんぶりとかどうかしら？　親子丼と鉄火丼と豚丼と鳥丼と牛丼と卵丼と海鮮丼とカツ丼と……」

「めちゃくちゃたくさん種類があるな？」

「いっぱいあるわよ。あ、卵丼はフランも好きそうよね」

卵！　どんぶりがどんなものなのかはいまいち分からないけれど、興味深いな。美味しいものが増えるのはいいことだよね。ラナが幸せそうにしてるのもいい。『黄竜メシレジンス』のことは思い出したくないけど、オコメとやらが無事に手に入るといいね、ラナ。

「ともかく米があれば和食の幅が無限大なのよ！　ハッ！　パエリアとかも作れる！」

なんかよく分からんけどライスはすごいらしい。

「でも、ラナ。忘れがちだけどさ」

「？　なに？」

「来月になれば養護施設も完成するんだし、カフェ店舗の方なんとかしたら？　一応近場に竜石職人学校ができたから、お客の心配はないにしても開店の目処《めど》も立ってないじゃん？」

「……あ……」

あっ、て……。まさか忘れてたのか？

「そ、そうね。割と大体揃ってるし、フランに『えにしボックス』まで作ってもらったしね。おおほほほほ……人手も、クラナが手伝ってくれるって言ってるし……。問題はメニューがほとんど決まってないことかしら？」

「？　メニュー表作るって言ってなかった？」

「いや、なんかあれもこれもって考えていたら、そこは深淵《しんえん》だったっていうか？」

「？　よく分からないけどメニュー表に載せるメニューを悩んでるってこと？　帰ったら俺も一緒に考える？」

「いいの!?　あ、ありがとう、フラン～～～！」

あれだな、こだわりが強すぎるからだろうな。

今は子どもらがいるから、店舗はいい食卓の場所になっているけど、子どもたちが養護施設に移ったら、ちゃんとお店として機能させた方がいい。お店の持ち腐れだ。

「ファーラもカフェのお手伝いしたい！」

「あら、本当？　じゃあ手伝ってもらおうかしら」

「うん！　手伝う！」

「よし、なら、帰ってから本格的にメニュー表作るわ。オープン目標は来年2月！」

「なんで1月にしないの？」

「とりあえず12月まで子どもたちがいるでしょ？　12月中にカフェの中の準備を整えるのよ。メニューはもちろんだけど、従業員の確保と教育！　1月は宣伝のための宣伝期間！」

計画的ぃ〜。さすが〜。

「俺にも手伝えることある？」

「フランならそう言うと思ったけど、フランだって竜石学校に通わなきゃいけないでしょう？大丈夫、力仕事以外は私1人でなんとかしてみせるわよ！」

「無理しないでよ？」

ドヤァと言う顔。……はあ……可愛いかよ。

——王都から出た翌日、暇なので帰ったら絞る、と言っていたメニュー表に載せる品数を見せてもらった。すると確かに70品目くらいになって、頭を抱える。

「そろそろ『タホドの町』に到着します」

「やだ、もうそんな時間⁉」

御者の呼びかけに顔を上げると、確かに外は夕暮れ。俺も気づかなかった。

あーあ、つまりいよいよ明日がラナの誕生日――11月10日だ。酒は用意してあるが、帰ってから飲むことになってしまったし、本当になにもお祝いできなさそうだな。

仕方ない、『タホドの町』の宿屋に着いたら、おじ様とカールレート兄さんを巻き込んで臨時パーティーでも催してもらおう。

「ヒーーーーヒヒヒヒン‼」

「わあ！　ど、どうしたんだ⁉」

「⁉　馬車を停めろ！　ラナとファーラは馬車の中から絶対に出ないで。様子を見てくる！」

「あ、フラン！」

突然、後ろで荷馬車を引いていたルーシィが、俺たちの乗る馬車の隣に並んできた。カーズが来た時のような興奮状態。『タホドの町』目前だというのに、これは落ち着かせてからじゃないと町に入れられない。

だが、そもそもこんなにルーシィが興奮するってことは――。

「！　竜狼《りゅうろう》！」

1頭の竜狼が、町へ続く街道のど真ん中で数人の男に囲まれ大暴れしている。

普通ならば町に迷い込んだ竜狼を、町の狩猟会で森に戻そうとしているのかな、と思うところだが、竜狼の翼が開いているにも関わらず飛び上がろうとしないことに違和感があった。

なにより翼の動かし方がぎこちない。

「ヒン！　ブルルル！」

「！　あの黒竜馬の仲間か」

ルーシィ曰く、隣の森の主は黒竜馬以外にも飛行のできる者をあっちこっちに派遣して、情報収集しているらしい。普通の狼《おおかみ》が子犬に思える巨躯をくねらせて、取り囲む男たちを威嚇《いかく》している竜狼からは血が滴《したた》っている。竜の血を引く動物は普通の猟銃の弾丸をものともしない。

それが怪我をしているってことは専用の捕獲用具を持っているということ。そして、一国の騎士団ではなく一介の町の狩猟会に1人1つの専用捕獲用具なんてありえない。

ブーツ底と左腕袖下の竜石を起動させて、鎖を男たちの側に佇《たたず》む樹の枝に引っかける。

「ルーシィ、竜狼はよろしく」

「ブルルルウウウゥ、ヒヒーーーーン！」

ルーシィの鞍から轅《ながえ》を外すと、即座にルーシィは俺の言わんとしていることを察して鎖を巻きつけた樹とは反対側に駆け出す。竜狼も人間並みの知性がある。ルーシィの嘶きと、囲んでいる男たちの頭上を軽々と飛び越え、空いたところから即座に抜けてくる。

「おりこうさん」

竜狼がね。人間の方は大馬鹿者の集団だ。

俺がルーシィの真後ろを追いかけていたのに、今更気がついたらしい。後ろに下がって一塊になってくれたおかげで、とてもやりやすくなった。

すでに枝に巻きつけてある鎖を目印に、反対の右腕に仕込んでいる鎖も射出《しゃしゅつ》してさらにかく乱し、奴らがテンパっている間に戻ってきたルーシィが、右腕から出した方の鎖を咥えて馬車側に駆け抜けると、男たちは一網打尽《いちもうだじん》。

まあ、さすがに雑に引き倒しただけなので、丁寧に拘束し直しますが。

馬の力で引っ張られた鎖に巻き込まれたのだ、呻き声が――重々しい。

「あ……、うっあ、お、お前は……！　な、なんでここに……！」

「ああ、やっぱり。どこかで見たことあると思ったら、うちの近くの森に来てた密猟者諸君じゃないか。え？　こんな遠くまで来て密猟続けてんの？　笑う」

「う、うるせえ！　俺たちは猛獣を駆除してやってるだけだ！　感謝されこそすれ、なんでこんな目に遭わされなきゃなんねーんだ！」

反省の色がない。まあ、今回は『タホドの町』が目の前にあるのでまとめて引き渡そう。

そもそも、竜の血を引く竜狼などの動植物は狩猟禁止である。尊ぶべき竜の血を引いてるんだから。そういう竜の血を引いてる生き物の討伐には専用の捕獲用具が必要だし、そういうのは国家が保持する騎士団の仕事なのだ。

専用捕獲用具を持っている時点でお察しなのに、強気ですごい。逆に感心するそのメンタル。

「くそう!!　せっかく大物を見つけたのに！　獲物の分際で人間の町まで逃げてきやがって！」

なるほど、竜狼はこの辺りの森の調査に来ていて、見事密猟者どもを発見。挑んだのかな？もしくは密猟者たちが先に竜狼を見つけて待ち伏せしてたのかも。

どちらにしても竜狼の方が一枚上手だったと言わざるを得まい。密猟者が人間の中でも『ならず者』で『少数派』だと理解した上で、人の町に近づいた。

俺が助けに入るまでもなく、この距離なら騒ぎを聞きつけて町の常駐騎士か自警隊が駆けつけただろう。やはりとてもおりこうさんである。

後ろを振り返ると、竜狼が見事な勝利の遠吠えを俺たちに披露して、そして夜の藍色《あいいろ》が濃くなっていく空の向こうへ飛び去っていった。まったくもって、美しい生き物だ。

「あ」

だがしかし、これはなんというか、アレではないか？　後始末だよ、この事態の――！

「ユーフラン！　どうした!?　なにがあった!?」

「こいつらは⁉」

「……本当に、おりこうさん……」

駆けつけたカールレート兄さんとおじ様に状況を説明して、『タホドの町』の偉い人にも事情を説明して、と一気に現実に引き戻される。

これ、ラナの誕生日を祝う時間なくない？　ないね？　こんちくしょう。

「…………」

「「「ひっ⁉」」」

密猟者たちに八つ当たりしよう。そうしよう。

◆◇◆◇◆

「帰ってきたぁ～！」

「あー、本当やっと帰ってきたわねー！」

「うん……」

「？　フラン？　どうして落ち込んでいるの？」

「いやぁ、別にぃ」

帰ってきてしまったし、ラナの誕生日当日に本気でなんにもできなかった。

カールレート兄さんにはそのことに気づかれて「それでこそユーフランだなぁ」ってにやにやされるし。いや、どういう意味⁉　それでこそ俺ってなに！　絶対失礼な意味じゃないか⁉

「おかえりなさい！　ラナ姉さん！」

「アラ、やっと帰ってきたわネェ〜」

「レグルスじゃない！　みんなの面倒見に来てくれてたの？」

「まあ、一応この子たちの保護者はアタシってことになってるものォ。それより、ファーラはどうだったノ？　まさか本当に『守護竜の愛し子』だったノ？」

牧場に入るやいなや、駆け寄ってきたレグルスとクラナ。２人とも店舗前にあるパラソルつきのテーブルで、ランチの準備をしていたようだ。今日は外で夕飯の予定だったのか？

クラナはすぐにファーラを抱き締め、レグルスは心配そうにラナへ顔を向ける。

こんなに真顔で心配しているレグルス、初めて見たかも。

「え、ええ。ゲルマン陛下に『聖なる輝き』を持つ者――『守護竜の愛し子』と認められたわ」

「アラヤダ、なんてコト！　でもそれでよく帰ってこられたわねェ？」

「ファーラがそれを望んだからよ。どの国も、『聖なる輝き』を持つ者の自由と願望を妨げてはならないもの」

「なるほどネェ。でも、護衛の1人2人連れてくるかと思ったワ」

「言われてみるとそうよね？」

と、首を傾げる2人。

「…………………」

残念ながら俺には少々心当たりがある。心当たりというか――『俺』だ。

ゲルマン陛下はこの国にも『ベイリー』の家があると言っていた。『ベイリー』の家名は守護竜に与えられた『法』の意味を持つ。王であればそれを知らないはずがない。ならば護衛は必要ない。

――なぜなら『ベイリー家の者』がすでに側にいるから。と、判断したのだろう。

ましてそんな俺の本来の家名を隠すため、新しく男爵の位と名字を与えた。

護衛がつかなかった時に気づいたが、爵位と名字を与えられたのはそういう意味も含まれていたんだろう。まったくもって、したたかな王だ。

自国の『ベイリー家の者』を使わない理由は、秘匿《ひとく》のためだろう。戦闘能力において、竜と心通わす、王家を殺す能力がある『ベイリー家』の『竜の爪』以上の兵器は――存在しない。

「急すぎて用意できなかったのかもね」

「えー？　こっちの爵位まで用意していたのにぃ？」

「爵位？　まさかアナタたち貴族になったノ？　ヤダ、スゴーイ！」

「男爵の爵位をもらってきたよ。要らないって断れる相手じゃないから仕方ないね」

「え！　姉さんたち貴族になったんですか⁉　貴族ってあれですよね、いわゆる族長の一族の人みたいな感じですよね！」

　クラナの認識微妙〜。でもまあ、『赤竜三島ヘルディオス』的にはそうなのだろう。ラナと顔を見合わせて、肩を落とした。

「せっかく田舎暮らしを楽しんでたのに、面倒なことになったものだわ〜」

「アラ、いいじゃなイ。クーロウさんと同じってことデショ」

　クーロウさんは『エクシの町』の取締役として、なにかと都合がいいからおじ様が王家に頼んで男爵の位を与えたと聞いている。おじ様の立場上、この町に『責任の取れるある程度の立場の人間』がいて欲しいという気持ちは、分からないでもない。

　ただ、自分がこれからそれに巻き込まれると思うと面倒くさい。

　っていうか、それならファーラをクーロウさんに引き取ってもらえばいいんじゃ……。

「それで、ファーラはこれからどうなるんですか？」

「さっきも言ったけど、王族や貴族であっても『聖なる輝き』を持つ者の自由と願望を妨げることはできないの。守護竜様が怒るからね。ファーラがしたいことをしたいようにするのよ。

『赤竜三島ヘルディオス』にも『聖なる輝き』を持つ者はいたんじゃないの？」

「いや、『赤竜三島ヘルディオス』に『聖なる輝き』を持つ者は今いなかったはずだ。先代が亡くなって数年、だったかな？」

「エエ、そうヨ。でも『赤竜三島ヘルディオス』で『守護竜の愛し子』にならなくて本当に良かったワ。あの国で『守護竜の愛し子』になっていたら、神の一部として祀《まつ》られて監禁状態にされていたはずだもノ」

「「うわぁ……」」

さすが守護竜信仰の塊の国。『赤竜三島ヘルディオス』の先代『聖なる輝き』を持つ者は20歳そこそこで亡くなっていたと聞いたけど、それじゃ無理ないかもね。

レグルスの言う通り、あの国で『聖なる輝き』を持つ者にならなくて良かったね、ファーラ。

「つまり、ファーラはこれからもここで一緒に暮らせるんですか？」

「そうね、ファーラがそれを望むなら」

「うん！　エラーナお姉ちゃんのカフェをお手伝いするの！」

「アラァ！　それならちょうど良かったワァ」

「？」

なにやらおいで、おいで、とされてラナと顔を見合わせつつレグルスとクラナについて自宅から店舗へ続く扉を潜ってみると、そこは──。

「え!?」

「「「おかえりーーー！」」」

店舗は飾りつけられ、家具は掃除され食器も揃えられ、テーブルにはテーブルクロスがかけられている。なんか、いつオープンしても良さそうな店内の仕上がり。

出た時はここまで『お店っぽい』感じじゃなかったのに。

「あれ、ガラス屋のおじさんまでいる？」

「よう、兄ちゃん。たまたまレグルスに頼まれて食器を納品しに来たんだ。今日帰ってくる日だったんだな。ちょうど良かったわい。ほれ」

ガラス屋のおじさんが手渡してきたのは大きめの木箱。中に入っているのはグラスだろう。その上にはリボンで固定された、ネックレス状の平らな小瓶。一緒に持ってきてくれたのか。

「どういうこと？」

ラナがレグルスを見上げる。ウインクして、レグルスはさらに壁に立てかけてあった2つの看板のうち小さな方を持ってきた。

「もちろん開店準備ヨォ。子どもたちを預かってる間、こっちの準備は止まってたデショ〜？一応悪いと思ってるのヨ？　これでモ」

「レグルス……」

「あとここのカフェが上手くいくと、温泉宿の建設にもイイ影響が出るはずだしネ」

「レグルス……」

ラナ……声の、トーンが……。

「養護施設がそろそろ完成するから、少し引越しの準備を進めておけってクーロウさんに言われたんです。それで、ハッとして思い出しました。ここ数カ月、本当に楽しかったです。でも、ずっと姉さんやユーフランさんに甘えてるわけにはいかなかったんですよね。施設が完成するまでの間、そういう話だったたんですよね」

「クラナ……」

「それに、別に遠くに引越すわけじゃありませんし！　カフェがオープンしたら、わたし、ここで従業員として働かせてもらえるんですよね？　ね？」

「もちろんよ！　日給銅貨10枚に、忙しい日はボーナスもつけるわ！　週休2日で、朝10時から夕方5時までよ！」

「ふふふ！」

さすがラナ。その辺りは本当にしっかりしてらっしゃる。

「ええ、本当。いつでも手伝いにいらっしゃい。みんなもね」

しょんぼりとしていたクオンや、拗ねた顔のシータルとアルのやんちゃ坊主コンビ。

アメリーはまあ、いつも通りだがニータンもなかなかに複雑そうな表情。

ラナがそんなクオンと、少し泣きそうだったクラナの肩を抱き寄せる。

「なに？　ニータン」

「勉強、教わりに来てもいい？」

「もちろんいいよ。その代わり動物の世話とか手伝ってくれる？」

「うん」

「おれもおれも！」

「オレもカルビたちの世話やる！」

「アメリーも～」

「ん、ならいつでもおいで」

まだ少しだけ早いけど、怒涛《どとう》の数カ月だったたな。お店の準備がだいぶ整い、子どもたちは新たな生活をスタートさせるための気持ちの整理をつけた。

ファーラのことは、これからどうすべきなのか、もう少しみんなで話し合う必要はあるけれど、それは今でなくてもいいだろう。ラナの言う通り疲れてる時に将来の大切なことを考えても、いい考えなんて浮かぶはずもない。それより——。

「ちょうどいいじゃん、ラナ。誕生日ちょっと過ぎたけど、プレゼントも届いたことだしパーティーやろう」

「え？　プレゼント？」

「コレ。お誕生日おめでとう」

「！　言ってたグラスね！　ありがとう、フラン！」

良かった。やっと渡せた。そしてグラスを手にしたラナは目を光らせた。あ、はい。お酒ですね。飲み比べですね。ライスエールと俺が買ってきたワインをお持ちしますね。

荷馬車に一旦戻って、酒の入った木箱を持ってくる。テーブルに載せて蓋を開けると、レグルスが「あらヤダ、クォールング産の白ワインじゃない、ソレ!?　いくらしたのヨォ!?」と、声を上げた。え？　これ高いの？

「これ高いわヨォ！　クォールング地方のワインといえば各国の王家御用達《ごようたし》ヨォ!?」

「えっ！　ええ!?　いくらしたのよフラン!?」

「金貨1枚ほど？」

「なにお金使ってるのーーー！」

えー……。でもクォールング産のワインの中では一番安かったんだけどなー？

「まあまあ。ラナの誕生日プレゼントなんだから、たまの贅沢ってことで」

「くっ、普段こんな高価なもの買わないくせに」

「アラァ、いいじゃなイ！　アタシも1杯戴いていいかしラ？」

「『言うと思った』」

なんならどこからともなくマイグラスまで持ち出してきた。用意周到すぎる。

「エラーナお姉ちゃん、誕生日だったの!?」

「ええ！　大変!?　お料理、なんにも準備してないです！」

「じゃあ、今からみんなで作りましょう！　ケーキは任せなさい！」

「え、自分で作るの？　俺が作るよ？」

ラナの誕生日だし、ケーキの作り方はラナに教わってるし。そういう意味で言ったら——。

「ダメ。フランに作らせると美味しくて食べすぎてしまうから！」

「どういうことなの……」


それからは大騒ぎだった。ラナの誕生日にかこつけて、遠慮も容赦もない大宴会。

そんな大宴会のあと、半ば強制的に子どもたちを温泉に入れて寝かしつけた。

1階の片づけをクラナに任せて酔っ払いを店舗2階のテラス席に連れてきて水を飲ませた。

暑い暑いというので、テラスに連れてきたのだが、ご機嫌にもう1杯。いやあ、今日は月が綺麗だなぁ。

「ラナ、そろそろやめたら？」

「フランおさけつよくにゃい？」

嚙み嚙みじゃねーか。んん、強いというか『竜石眼』持ちは酔わないと言われてる。理由は守護竜がお酒好きだから。守護竜はよほどの量でなければ酔わないらしいから。ブラクジリオスを見たあとだとその理由がよく分かる。あの巨体ではちょっとやそっとでは酔わないだろう。

それはそれとして、テラス席ってなかなかいいな。伸び伸びできるし、畑や牧場、空の満月や星を眺めながら美味しい料理を摘み、お酒を飲める。これはなかなかに気分が上がるな。

「ふぇへへへ〜」

ちょっとお隣の酔っ払いが寄りかかってくるので、重いというよりもややもやする。体がぽかぽか。俺も暑いくらい。お酒怖い。

酔わない体質なのに、ラナにくっつかれてると俺まで酔っ払ったような気分になる。ラナの体温がぴったりとそこにあって、ふわふわ、ふわふわ。浮かれてる？　俺。

「おしゃけっておいしいのにぇ〜」

「うん、美味しいね」

「んふふ、フランフラン〜」

「なに？」

「よんだだけよ！」

寝かせた方がいいだろうか？　まさかラナがこんなにご機嫌になるとは。

お揃いのグラス。喜んでくれたのはいいけど、こんなにスキンシップが激しくなるとは思わなかったな。さっきからお腹周りにしがみつかれて離れない。

色々アレなんですが、色々。そう、色々！

「あ、わたくし、じゅうはちさいになったのよね？　フランにおいついたわよ」

「そうだね」

「ふふふふふっ。はめつエンドも回避したしぃ、フランはそばにいるしぃ、お店はもういつでも開店できるかんじだしぃ～、わたくしってばもうこわいものなしではなくて～？」

「良かったな、本当に」

破滅エンドの回避とやらは、本当にめでたい。ラナを脅かすものはなんでも始末しようと思っていたけれど、その心配もなさそう。ほんの少し冷たい夜風が心地よく頬を撫でていく。

まるでそれを羨むように、ラナが「わたくしの頭も撫でてもいいのよ」と唇を尖らせた。

うーん、酔っ払い。でもまあ、そう言われたら撫でましょう。お嬢様がそれをお望みならば。

「ふっふふふふ～」

寄りかかるラナの頭を撫でていると、ますますご機嫌になっていく。

そろそろ本格的にグラスを没収すべきだな。中身もちょうど空だし。

「ラナ、今夜はこのくらいにしてもう寝る？」

「うん。フランがはこんでねぇ」

「はいはい」

というか、こんなに酔っ払ってふにゃふにゃな君を1人で歩かせるなんて無理でしょ。

グラスをテーブルに置き、スカート越しに膝下へ腕を入れると、ラナの手が首に回されてきた。ハグと似てはいるけれど、やっぱりこの距離はとても落ち着かない。

ハグもまだ慣れてないし、顔が近い。香りが分かる。体温がいつもより高く、密着度も――。

「わたくし、ぜんせでもかれしがいたことありませんのぅ」

「は？　はぁ、そうだったの」

「しごと、しごとばかりでぇ……いえにもあんまりかえれなくてぇ……」

「うん」

「ひとりぐらしでぇ、じっかにもあんまりれんらくがとれなくてぇ……」

ラナの前世――異世界の話。舌ったらずに一生懸命、話してくれる。

テラスから渡り廊下に入り本宅への扉を開けて廊下へ。ようやく寝静まった子どもたちが起

きないよう、足音を消して進む。

「だからフランがわたくしの初彼氏ですわ〜」

部屋の前でそんなことを言われる。コメントしづらい。

前世と合わせても初、と言われたのは、まあ、そりゃ心の底から嬉しいけれど。光栄だけど。

だからこそ、どう返していいのか悩ましいのだ。

上機嫌なラナの姿を見ていると、どうしても聞いておきたくなる。

「ラナは、今幸せ？」

「うん！」

「っ、そう」

部屋の扉の前で少し悩んだあと、ドアノブを回した。

ラナの部屋。普段は絶対入らない。用がないし、寝る時以外は1階や店舗にいるから。

でも、今日はベッドまで彼女を運んで、座らせる。膝をついて「水はいる？」と聞くとご機嫌な笑顔で「いらないわ」と言われた。

「おやすみのキスは？」

「いる！」

さあ、しろ！　と言わんばかりに左の頬を向けるラナに、肩の力が抜ける。

膝をついて右の頬を包みながら左の頬に口づけした。顔を少しだけ離した時に、目が合う。

「ふらん……」

とても舌ったらずな声。とろけたような笑顔。

顔が熱い。喉が、渇く。なんだ、この感覚。

「ん？　ラナ？」

俺の頬を、ラナの両手が包む。なんだ、とドキドキしていたら顔が近づいてきて――グキッと右に向かされた。え、今の軽く痛っ⁉

「っ！」

でもその代わり、頬に柔らかくて温かい感触。

すぐに離れて、ラナの方を見ると満面の笑顔がそこにあった。

「うふふ、わたくしからもおやすみのキス～！　しちゃった！　ふふふ！　うふふふ～！」

「……………」

死んだ？　俺は死んだのでは。と、思っていた時、ラナはベッドに横たわり、ゴロンゴロンと回転する。あれ、コレデジャブ……俺もラナと恋人になった日の夜こんなことになっていた。

ラナもやるんだ？　と、冷静な自分の部分がそんなことを思ってると、ラナは突然ピタリと止まる。ど、どうした⁉

「スヤァ……」

「………。おやすみ」

このまま寝かせていいのかな、と思うが、まあ、あとでクラナにパジャマに着替えさせてと頼めばいいか。そう思って布団をかけ、部屋を出る。

うん、うん、十分だし……俺がもらってしまってどうするんだって、ね。

「あ……テラス片づけてこよ」

グラスとか置きっぱなしだ。思い出して、店舗2階のテラス席に戻る。結構飲んだな。

トレイにおつまみやらグラスやらを載せ、ほぼ空になったワインボトルに笑みが溢れる。

喜んでくれたなら良かったたし、俺も思わぬものをもらえた。

たくさん、彼女には――本当にたくさんもらっている。

なにを返したらいいだろう。でも、返す度に倍になって突き返されている気がする。

困った。ああ、困ったなぁ。


「ほんと、困った人だな」

あとがき

どうも、古森きりです。

皆様の応援のおかげで、４巻を刊行させていただけました！

この場を借りまして改めて、読んで応援してくださった皆様、ツギクルの担当さんや、引き続き神々しいイラストの数々を描いてくださったゆき哉先生、書籍化に携わってくださった関係者の皆様、そして家族にも御礼を申し上げます。

本当にありがとうございました。

そして電子書籍版は11月25日頃からの配信となります。電子書籍派の皆様はお待たせいたしますが、こちらでもどうぞよろしくお願いします。

ちなみに、今回のＱＲコード特典（帯の後ろのＱＲコードを読み込むと、特典ＳＳを読むことができるので、どうぞお試しください！）のラインナップはこちら！
・side　エラーナ～電話の巻～
・side　エラーナ～手押しポンプの巻～
・旅行
・ユガの実のハンドクリーム

の4本となります！

いつものエラーナ視点を、今回2本立てにして、ちょっと長めなお話と短いお話を1本ずつです。『手押しポンプ』と『旅行』と『ユガの実のハンドクリーム』は本編からこぼれたお話なので、お楽しみいただけると幸いです。

ところでこの4巻に紅獅子の子どもを拾った書き下ろし書いたんですけど、このあとがき書きながら3日前に保護した子猫（2匹）のお世話もしていて「なんかリンクでもしてる？」ってなってます。お犬様がいるので悩みましたが、今のところ引き取る方向で話し合いが進んでます。詳しくは古森のTwitter（@2kag5fb1）で呟いているので、ご興味があれば覗いてみてください。さすがに虎や馬や羊やヤギや牛や狼は拾わないでしょう。……拾わないよね？

そして『マンガpark』様で大好評連載中の『追放悪役令嬢の旦那様』（作　なつせみ先生）のコミック1巻、2巻も発売中ですのでこちらもよろしくお願いします！

最後にKラノベブックスf様より発売中『今日もわたしは元気ですぅ‼（キレ気味）～転生悪役令嬢に逆ざまぁされた転生ヒロインは、祝福しか能がなかったので宝石祝福師に転身しました～』のコミック1巻が10月29日に発売となりました。悪役令嬢にザマアされたダメヒロインが仕事を通して成長して己の黒歴史に悶絶するお仕事ラブコメディです。どうぞこちらも合わせてよろしくお願いします‼　古森でした。

次世代型コンテンツポータルサイト

ツギクル https://www.tugikuru.jp/

「ツギクル」はWeb発クリエイターの活躍が珍しくなくなった流れを背景に、作家などを目指すクリエイターに最新のIT技術による環境を提供し、Web上での創作活動を支援するサービスです。

作品を投稿あるいは登録することで、アクセス数などの人気指標がランキングで表示されるほか、作品の構成要素、特徴、類似作品情報、文章の読みやすさなど、AIを活用した作品分析を行うことができます。

今後も登録作品からの書籍化を行っていく予定です。

ツギクルAI分析結果

「追放悪役令嬢の旦那様4」のジャンル構成は、ファンタジーに続いて、SF、歴史・時代、恋愛、ミステリー、ホラー、現代文学、青春の順番に要素が多い結果となりました。

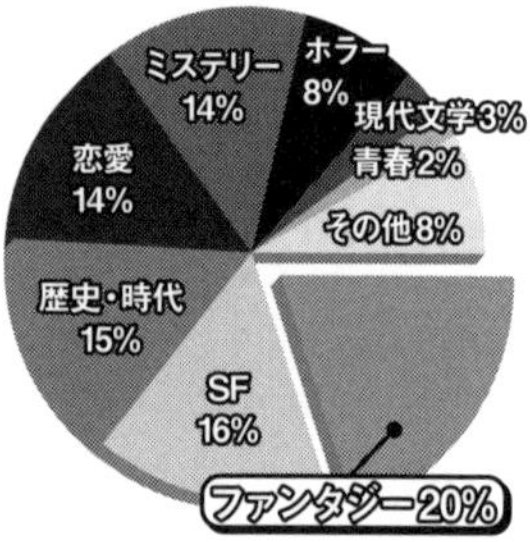

期間限定SS配信

「追放悪役令嬢の旦那様 4」

右記のQRコードを読み込むと、「追放悪役令嬢の旦那様4」のスペシャルストーリーを楽しむことができます。ぜひアクセスしてください。
キャンペーン期間は2022年5月10日までとなっております。

異世界に
転移したら山の中だった。
反動で強さよりも快適さを選びました。
1〜6
著 じゃがバター
イラスト 岩崎美奈子
カクヨム 書籍化作品
「カクヨム」総合ランキング
累計1位
獲得の人気作
(2021/10/1時点)
2022年2月、
最新7巻発売予定!
勇者には極力
近づきません!
『コミック アース・スター』で
コミカライズ
好評連載中!
花火の場所取りをしている最中、突然、神による勇者召喚に巻き込まれ
異世界に転移してしまった迅。巻き込まれた代償として、神から複数の
チートスキルと家などのアイテムをもらう。目指すは、一緒に召喚された姉
(勇者)とかかわることなく、安全で快適な生活を送ること。
果たして迅は、精霊や魔物が跋扈する異世界で快適な生活を満喫できるのか──。
精霊たちとまったり生活を満喫する異世界ファンタジー、開幕!
定価1,320円(本体1,200円+税10%)
ISBN978-4-8156-0573-5
「カクヨム」は株式会社KADOKAWAの登録商標です。
ツギクルブックス
https://books.tugikuru.jp/

2022年1月、
最新10巻
発売予定！
もふもふを
知らなかったら
人生の半分は無駄
にしていた
1～9
著／ひつじのはね
イラスト／戸部淑
サイン入り！
クレジットカード対応
イラストのNFT販売のお知らせ
「もふもふを知らなかったら
人生の半分は無駄にしていた」の
イラストがNFT Studioに登場！
第7回
ネット小説大賞
受賞作！
KADOKAWA
「ComicWalker」で
コミカライズ
好評連載中！
冒険あり、癒しあり、笑いあり、涙あり
もふもふたちに囲まれた
異世界スローライフ！
定価1,320円（本体1,200円＋税10%）
ISBN978-4-8156-0334-2
ツギクルブックス
https://books.tugikuru.jp/

―奈落の底で生活して早三年、―
当時『白魔道士』だった私は
著 tani
イラスト れんた
『聖魔女』になっていた
実を言うと私、3年ほど前から
ダンジョンの最下層で暮らしてます！
コミカライズ
企画
進行中!
幼馴染みで結成したパーティーから戦力外通告を受け、ダンジョン内で囮として取り残された白魔道士リリィ。強い魔物と遭遇して、命からがら逃げ延びるも奈落の底へ転落してしまう。
そこから早三年。『聖魔女』という謎の上位職業となったリリィは、奈落の底からの脱出を試みる。
これは周りから『聖女』と呼ばれ崇められたり、『魔女』と恐れらたりする、聖魔女リリィの冒険物語。
定価1,320円（本体1,200円＋税10%） ISBN978-4-8156-1049-4
ツギクルブックス
https://books.tugikuru.jp/

ツギクルブックス

愛読者アンケートに回答してカバーイラストをダウンロード！


愛読者アンケートや本書に関するご意見、古森きり先生、ゆき哉先生へのファンレターは、下記のURLまたは右のQRコードよりアクセスしてください。

アンケートにご回答いただくとカバーイラストの画像データがダウンロードできますので、壁紙などでご使用ください。

https://books.tugikuru.jp/q/202111/tsuihouakuyakureijo4.html

本書は、「小説家になろう」（https://syosetu.com/）に掲載された作品を加筆・改稿のうえ書籍化したものです。

追放悪役令嬢《ついほうあくやくれいじょう》の旦那様《だんなさま》4

2021年11月25日　初版第1刷発行

著者　古森《こもり》きり

発行人　宇草 亮
発行所　ツギクル株式会社
〒106-0032　東京都港区六本木2-4-5
TEL 03-5549-1184
発売元　SBクリエイティブ株式会社
〒106-0032　東京都港区六本木2-4-5
TEL 03-5549-1201

イラスト　ゆき哉
装丁　株式会社エストール

印刷・製本　中央精版印刷株式会社

ISBN978-4-8156-0858-3
Printed in Japan